莫時

遊戲ID：華麗的週末

前・全服第一祭司，半年前因故離開遊戲。
刀子嘴豆腐心，顏文字重度愛好者。

CHARACTER
MOSHI

How to Successfully Catch Your Legen

伏燁

遊戲ID：伏燁

排行榜首席劍士，第一公會水藍的會長。
忠心耿耿又專情，遊戲PK強，真人PK也強。

CHARACTER
FUYE

How to Successfully Catch Your Legend

GOBOOKS
& SITAK
GROUP©

三日月書版

大神的
正確捕捉法
ゲームプロの
正しい捕まえ方
夏堇 著
LILUO 繪
三日月書版
BL040
上
volume

遊戲ID：伏燁
遊戲ID：華麗的週末

大神的正確捕捉法

ゲームプロの正しい捕まえ方

CONTENTS

How to Success
Catch Your Leg

大神的
正確抓

莫時

遊戲ID：華麗的週末

前．全服第一祭司，半年前因故離開遊戲。
刀子嘴豆腐心，顏文字重度愛好者。

CHARACTER
MOSHI

How to Successfully Catch Your Legend

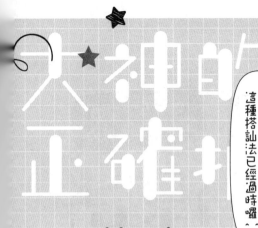

伏燁

遊戲ID：伏燁

排行榜首席劍士，第一公會水藍的會長。
忠心耿耿又專情，遊戲PK強，真人PK也強。

CHARACTER
FUYE

How to Successfully Catch Your

大神的正確捕獲法

How to Successfully Catch Your Legend

第一章

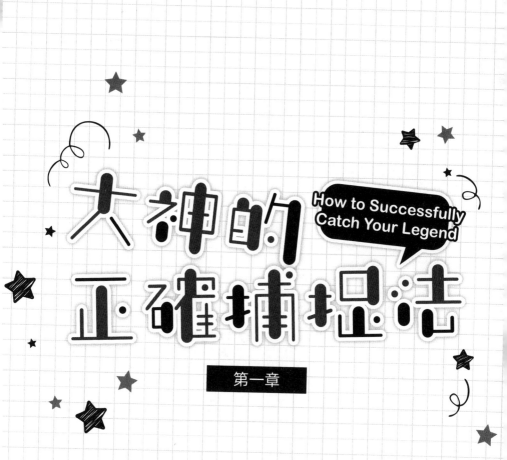

伏燁操縱著角色縱身一躍，手機螢幕裡，背著長劍的黑髮劍客邁著步伐一口氣跳上高臺。

在高臺上站穩腳步，伏燁滑動遊戲視角轉了一圈，確定周遭沒有敵對公會或是紅名玩家埋伏後，按下畫面正下方的移步鍵，以高超的技巧連續跳躍，兩三步登上高塔最頂端。

伏燁：「好極了，沒有埋伏，我有預感今天是幸運日。」

綁著長馬尾的黑髮男子，背著劍雙手盤胸，由上而下凝視著街道景色。

這裡位於主城最高處，華麗的遊戲景色在此一覽無遺。

伏燁玩的是一款叫作《蒼空Online》的手機遊戲，以畫面精美、場景浩大、人物多樣化為賣點。雖然是手遊，流暢度堪比一般電腦遊戲，剛推出時造成一股大風潮，幾乎人人都有一個帳號。

伏燁喬了一個最好的角度，舒舒服服地坐了下來，從他的視角可以看到主城所有建築物，包括任務布告欄、通緝榜、競技場、東南西北各區城門口等等。

世界頻道上，擺攤商人的叫賣絡繹不絕，各種職業等級的玩家穿梭在大街小巷，半夜十二點鐘的《蒼空Online》遊戲世界，依舊是燈火通明，好不熱鬧。

伏燁仔細將每個角落看過一遍，再三確認後，還是沒有看到那熟悉的人影。他輕嘆一口氣，失望地閉上眼睛……今天，他依舊沒有找到那人。

其實，伏燁玩這個遊戲的目標只有一個——他在等一個人。

他們在新手時期認識，經歷短暫的相處便分別。那之後，伏燁就日以繼夜地在遊戲裡等著那個人上線。

說也奇怪，與對方相處的時間不長，伏燁卻認為那是他人生中最快樂、最重要的一段日子，所以他必須重新找到那人。

可惜，伏燁苦苦等待的那個身影，始終未曾出現。儘管他每天上線，守著視野最好的高塔在玩家群中找了又找，將遊戲翻了底朝天，卻再也沒有見過對方。

伏燁望著遠方出神，對話框忽然跳出一句話。

「哎，你果然又在這裡呀。」

不知何時，伏燁背後站了一個人影。

「骷髏，跟你說過多少次，別像個背後靈一聲不響站在別人旁邊，超毛的。」

伏燁不用轉動螢幕視角，就知道那位副會長陰森森地貼在他背後。刺客的特殊技能「潛影」，能讓人物成為任何玩家腳下的影子到處移動。

「抱歉、抱歉，職業病犯了哈。但是不使用潛影，憑我的瞬步等級根本爬不上塔頂找到會長你呀。」

透明的潛影者解除技能，露出蒼白的肌膚和灰色頭髮，身形高高瘦瘦，頭上頂著一個十分貼切的遊戲ID：「骷髏」。

「伏燁，你整天沒事就往高塔跑，天天痴情遠望，吶，現在消息傳開來了，大家都知道你在遊戲裡尋尋覓覓一位謎樣的灰姑娘哦。」

只見名為骷髏的刺客，在伏燁身旁一屁股坐了下來。

骷髏：「半年了，都過了這麼久，你還沒有放棄找那位灰姑娘？」

伏燁滑著螢幕，打字道：「噗……什麼灰姑娘，別給我亂取綽號啊，人家有名有姓，要是被聽到了該怎麼辦。」

骷髏：「唉唷，占有欲真重，好保護你的真命天女哦。」

伏燁：「……骷髏，你想被扔進副本做成白骨湯嗎？」

骷髏：「哼哼哼，見色忘友，不說就是了。」

一陣嘴砲後，伏燁和友人坐在遊戲高塔頂端，望著腳下熱鬧的街燈。

下方的玩家如黑點般細小，不時會有人抬頭看著高塔，看上去很羨慕的樣子。

「高塔」又稱「公會塔」，公會可以在自己打下的城鎮建造高塔。

公會的聲望、綜合戰力越高，公會塔就蓋得越高越雄偉，而建在主城最中央、《蒼空Online》最高的公會塔，歸屬於〈水藍〉公會。人人都說，站在水藍公會塔的上方，就能清楚眺望遊戲城鎮裡的所有事物。

此時此刻，唯二擁有管理公會塔權限的會長及副會長，正愜意地坐在塔頂看風景。

「伏燁。」水藍的副會長骷髏緩緩打字，語氣難得猶疑。「你知道的，這年代，手遊的壽命很短暫，大部分的遊戲營運三個月後就會流失掉一半的玩家，更別提《蒼空Online》開服已經超過半年了，老玩家回歸遊戲的機率相當低。你的灰姑娘……據你所說，開服沒多久就離開了吧，那麼，再遇到的可能性微乎其微。伏燁，我勸你不要抱太大的希望。」

「我明白。」伏燁沉默了許久，才開口應道。「無所謂。我玩這個遊戲的目的就是為了那個人，空閒時間很多，在不妨礙公會運行的情況下，一直等下去也沒有關係。」

「唉，果真是你會說的話。」

骷髏盯著螢幕片刻，輕嘆了一口氣——他們的會長，那位強悍無比的劍士，性格向來耿直，也一如既往的死腦筋，寧折不彎。

骷髏發出動作指令，讓手機中的人物伸手拍了拍伏燁的肩膀：「能受到我們偉大的會長青睞，真是羨慕呢。答應我，如果找到你那位朝思暮想的灰姑娘，一定要給我認識認識。」

伏燁：「我答應你。」

「說好了哦。」骷髏操縱角色轉了一圈。「好啦，我要先走了，公會那幾個小毛頭又再催我帶副本。副會長這職位真是坑死人了，沒有會長的威嚴，又得承擔一屁股人情債，根本吃力不討好。我要申請職災。」

伏燁發送笑臉表符。「你明明樂在其中，承認吧，你超享受被可愛的新手弟弟妹妹包圍的感覺。」

骷髏：「呸呸，別說這麼獵奇的話呀，我明明就在做苦工。別說了，要是遲到一秒，那幾個小惡魔不會放過我的，再會。」

伏燁：「慢走不送。」

話落，骷髏化為一道影子，瞬間消失無蹤。

伏燁把視角轉正，繼續懶洋洋地看著街道出神。

忽然，眼角飄過一抹再熟悉不過的身影……

伏燁一愣，從床上挺身坐起，動作過猛還差點把手機摔到自己臉上。

手機螢幕不大，僅能隱約看見一位身材高挑纖瘦的祭司騎著白馬，正從遠方緩慢入城。

祭司用普通的灰布披風遮蓋住等級和裝備，只露出一絲柔順的金髮，和微微上揚的翡翠綠眸。

這一切都和過去相符，伏燁的回憶頓時湧上。對了，最後一次看見對方，就是在這個地方下線的。他還記得，那人淡淡地說著「沒事，累了，下線休息一下」，沒想到從此消失不玩了。

伏燁整個人的精神都來了。他已經成長了，不會再錯過第二次機會。劍士迅速無比地跳到距離最近的傳送點，火速趕往現場。

不遠處。

華麗的週末：「咦？以前不用交過路費吧？」

從南門口進城時，兩名守衛NPC自動上前攔查，要求旅人繳交過路費，華麗的週末大為不解。

不過等他將螢幕一轉，看到中央廣場的公會長雕像後，馬上就明白在自己離開遊戲的這段期間遊戲改版了，這個主城目前是公會領域，入場要收費。

正當華麗的週末準備按下「交易過路費」的按鍵時，普通頻道跳出另一則訊息。

「不用了，讓他過。」

不知何時，他身旁站了一位黑衣劍士，似乎是運用權限發出「此人免費通行」

的指令，守衛 NPC 隨即恭恭敬敬地放人。

「謝啦，好心哥哥≧◇≦」華麗的週末心情好，打字就會出現顏文字。

沒想到，那位劍士拉著自己的馬匹跟他齊肩走著，一面說道：「華麗、華麗，歡迎回來遊戲！」

華麗的週末停頓了幾秒，回覆道：「……你認識我？」

伏燁立刻附和：「是呀，華麗，我等你很久了，好想你啊。」

華麗的週末：「？」

螢幕上，滿等的黑衣劍士抽出背上的長劍，流利地揮舞，踏著劍舞般的走位，凌空翻轉收劍，一整串指令一氣呵成。這需要極高的指令技巧，可惜華麗的週末毫無反應，呆愣在原地，伏燁乾脆繞著祭司轉圈圈，最後讓人物雙手合十露出期盼星星眼仰望著他。

搞笑般過度奔放的熱情令華麗的週末整整後退了一大步。

華麗的週末：「(￣o￣)?」

華麗的週末想了半天，對此人唯一的印象就是方才看到的金色雕像。那尊立在城中的雕像似乎就是這個劍士呢，也就是說這人是某個大會長。

重新回歸遊戲，華麗的週末對這類麻煩帶原者可是敬謝不敏，他不想讓自己再度牽扯進是是非非、恩愛情仇之中。

「奇怪，我真的不認識你呢，不過還是謝謝你，再見啦(・∀・)」語畢，華麗的週末按下「傳送符」，直接瞬移離開。

世界頻道上，竟然已經有對八卦消息十分敏銳的鄉民展開了討論。

【世界頻道】霸北：「號外號外，聽說水藍公會長，也就是我們的老大，找到了傳說中的灰姑娘了！」

【世界頻道】暑假特產：「那啥？還真的有灰姑娘啊，那不是單身狗假裝自己很夯的幻想文嗎？」

【世界頻道】貓耳控：「呸呸，你才幻想文，你全家都幻想文！我們水藍的公會長可是貨真價實的通殺天菜好不好。來來，見識一下人家十萬伏特的名片和FB大頭照（發）（發）（發），會長連續蟬連《蒼空Online》鮮花榜第一名不是沒有道理的！」

【世界頻道】鯊魚：「是呀，看過老大照片的人都說帥，用過老大的人都說好。你不知道，那是因為你沒有使用過老大呀！」

【世界頻道】暑假特產：「我男的幹嘛使用……」

【世界頻道】貓耳控：「鯊魚，我覺得你沒有解釋到（拖走）」

【世界頻道】鯊魚：「（抖）」

【世界頻道】骷髏：「上面話題已歪，請拉回來。最新進度：據說，灰姑娘翻臉不認人，完全不認得老大。」

【世界頻道】圓圈圈：「什麼，難道老大要被甩了嗎？」

【世界頻道】補到你滿出來：「太令人傷心了，水藍會長苦守灰姑娘一八〇日的傳說，是所有蒼空女孩兒最喜歡的故事呢QQ」

【世界頻道】骷髏：「也是啦，都說手遊壽命不超過三個月，灰姑娘都離開遊戲半年，孩子都可以生半個了。說到底，人家根本沒放在心上嘛，是老大自己想太多了。」

【世界頻道】制服控：「嗚嗚，老大，痴心等待卻是這種結局，我真為你痛心。」

【世界頻道】朝如青絲：「老大加油，我相信以老大的魅力沒有擺不平的妹子，快拿出玻璃鞋來吧。」

【世界頻道】貓耳控：「對呀對呀，快拿定情信物出來吧！」

在洶湧人群的最後面，有一個小小的聲音浮出，不過很快就被洗下去了。

【世界頻道】打醬油：「我剛好路過，看到本人了。是說……祭司穿的衣服不太好認，但是，那個灰姑娘好像穿的是男款的披風呀……」

……

世界頻道一片吵雜，多半是水藍公會和敵對公會以及路人的閒談，可惜，慣性關掉世界頻道的華麗的週末顯然一句話都沒有看到，他此刻有另外的麻煩。

天下沒有白吃的午餐、別亂收好處——這幾句話，華麗的週末徹底體驗到了。

這遊戲的主城目前是由伏燁的公會〈水藍〉管理，隨處可見的NPC和商家都是他們的眼線。於是乎，華麗的週末走到哪，伏燁就跟到哪，即使傳送離開，也會兩三下追蹤上來。

黑衣劍士拚命繞著他轉圈，不停發送笑臉和煙火，塞滿了整個螢幕，不注意到都難，他們的舉動吸引了一群玩家圍觀。華麗的週末還發現，似乎有一些人在普頻喊他什麼灰姑娘的……

華麗的週末連續按了兩次跳躍試圖遠離，不過伏燁的瞬步更為精湛，劍士的敏捷遠高於祭司，死活粘上人家不放，一路糾纏了三個傳送點，嘗試多次之後，華麗的週末終於受不了。

兩人氣勢洶洶地面對面，大有 **PK** 一場的氣勢。

「大叔，你一直跟著我幹嘛，請問你是不是把我跟其他人搞混了？」華麗的週末頭頂上冒出對話框。「不然就是，你是……變態嗎ノ(ˋ◇ˊ)ˋ?」

這精湛的發言，讓圍觀群眾屏息以待。

一陣詭異的沉默後，伏燁也回應了。

「華麗、華麗，是我呀！你的頭貼沒有換，我不會認錯人的！」

遊戲內的街道上各色男女職業都有，加上手遊畫面比較小，如果不仔細看，是無法好好分辨出玩家之間的差異的。

即使創角的紙娃娃系統有非常多選項，但受歡迎的組合就那麼幾款，撞角機率非常高。一開始決心找人的時候，伏燁經常誤認角色外貌相似、名字相似的玩家。

隨著時間過去，伏燁逐漸訓練出準確辨認玩家的要訣——看角色大頭貼！

《蒼空 **Online**》允許玩家設定自創大頭貼，頭貼會出現在個人名片和角色 **ID** 前，大部分的玩家會用 **FB** 照片直接連結，辨識度非常高。

只有玩家自設的角色大頭貼不可能重覆，因此牢牢的記下那人頭貼的伏燁才會百分之百肯定他沒有認錯人。

提到角色大頭貼，路邊看熱鬧的群眾這才被轉移了注意力，紛紛點擊灰姑娘的 **ID** 查看，將目光集中在華麗的週末的個人名片上。

不看還好，一看每個人都將喝到一半的茶水貢獻給手機螢幕了。

這、這……是在開玩笑嗎？

這哪裡是灰姑娘……分明就是……

此時，華麗的週末因為周遭人群的議論紛紛，終於好奇心大起將世界頻道打開，把事情摸了個八九成明白。

口口聲聲說認識他、看過他的頭貼、弄出灰姑娘的傳聞，這傢伙不知道嗎？他可是個徹徹底底的……

華麗的週末不怒反笑，丟出一個燦爛的笑臉表符，再度發話：「大叔，這種搭訕法已經過時了，『我好像在哪裡看過你，我們命中注定』這種話一點都不浪漫，騙不到妹子了，換一點新的啦^_^」

伏燁：「華麗……我真的認識你，沒開玩笑……」

但是華麗的週末不等他說完，在世界頻道發出一個擴音喇叭的圖案。

「擴音喇叭」是這款手遊特有的模式，類似LINE的語音功能，能夠直接在對話頻道發出簡短的語音句子。

傳聞中的灰姑娘親自發出語音，跟大家互動，看戲的玩家們怎麼會錯過史上最大的八卦，眾人摩拳擦掌，立馬點擊擴音喇叭。

霎那間，一個音量不大，卻震撼人心的聲音響起。

「看清楚，我男的唷。」

語音的主人是個男性，中性嗓音，音調偏高，加上ID前面的大頭貼，是個眉目清秀、有點娃娃臉的少年。種種證據顯明，華麗的週末絕對不可能是女孩子。

不管遊戲角色多麼可愛帥氣，到了現實中卻是百分之百的男孩子。這一刻，不管是什麼堅定不移的愛情信念都會打成渣渣。

一瞬間，真相了。

是的，網路上廣為流傳的「灰姑娘」，其實並不是「姑娘」。

更正確地說，灰姑娘是男的。

發現真相的群眾急著找尋事主，但那位灰姑娘早已經消失不見。

華麗的週末，果斷下線。

大神的正確捕捉法

How to Successfully Catch Your Legend

第二章

隔天。

莫時滑動手機，熟練地輸入帳密，按下登入鍵，瞬間，手機發出悅耳的遊戲音效。

他揉了揉眼角，幽幽嘆了一口氣。

華麗的週末，現實名——莫時，覺得自己運氣不太好。

昨天大半夜清理手機資料時，不曉得怎麼了，鬼使神差地下載了《蒼空Online》更新檔，想說回味看看。才剛上線溜達，就跑出一個怪叔叔，很熟地叫著他的小名，追著他滿世界跑。

對方仗著等級高裝備好，怎麼樣也甩不掉，你追我跑了半天，對方滿血生龍活虎，自己累得半死，簡直像被調戲一樣。

這十足挑動了莫時的底線。

莫時在遊戲裡舉止輕浮，而且耐心不足，又怕麻煩，被糾纏了三個小時多，他果斷離線，遠離這個是非之地。

下線後他睡得極不安穩，還做了被怪叔叔拿著裙子追趕的惡夢，害他一整天精神疲憊。

相隔半年，再度玩遊戲就遇到變態，還是乾脆不上線算了？

不，這可不是莫時的個性！

彷彿禍從天降的大意外，充滿未知的遊戲過程，反而激起了莫時的挑戰感，他興起一絲念頭，想弄懂這人到底想幹嘛。

於是，莫時挑了人煙稀少的時間點，再度登入遊戲。

果不其然，上線後，黑衣劍士立刻繞著他狂丟愛心圖案，熱烈歡迎他。這傢伙難不成是徹夜守在原地？

清晨時段，上線的人並不多，沒了昨夜的圍觀群眾，世界頻道清靜許多。

【普通頻道】伏燁：「早安。」

【普通頻道】華麗的週末：「早，你不累呀Σ(ﾟロﾟ)？」

【普通頻道】伏燁：「見到你，不累。」

【普通頻道】華麗的週末：「……說實話。」

【普通頻道】伏燁：「其實我有請朋友看著，徹夜輪班固點，剛好現在輪到我。」

【普通頻道】華麗的週末：「輪班固點，你當是在刷 BOSS 呀？」

【普通頻道】伏燁：「不，你比 BOSS 還要重要。」

【普通頻道】華麗的週末：「……」

莫時感覺自己又被調戲了，面對怪叔叔，他決定冷處理，做自己的事情。

他操縱著角色兩三步跳上屋頂，延著建築物頂端飛快跑動，四處看看風景，把《蒼空 Online》改版後的每個小地方都逛過一遍，回味一下當年的遊戲過程。

黑衣劍士一直跟在他後頭，不過沒有做任何踰矩的事情，安安靜靜沒有說話，就好像陪他逛街似的。

把過去熟悉的地方大致逛完，最後，莫時來到競技場。

競技場在早晨時間點處於關閉狀態，莫時想要試試的一對一 PK、戰隊 PK 都無法排隊，所以他選擇了唯一全天候開放的「大亂戰活動」——全部伺服器的玩家，將在此一決勝負。

等待兩分多鐘，場景自動轉換，約莫十多人傳送進大亂戰會場。

大亂戰的規則很簡單，只要第一個跳上高塔的玩家即獲勝，攻擊手段不限，名次越高，獎勵越豐富。

系統倒數十秒，即將開始。

數字歸零的瞬間，莫時手速爆發，以眾人反應不及的速度衝出人群。

許多玩家紛紛使出遠程控制技，意圖使前方的敵人墊背。

但是所有的攻擊，打在華麗的週末身上只冒出了Miss，他領先眾人，先一步闖出第一關。

「他怎能躲得過重重攻擊？」

有幾個玩家好奇點擊參賽者裝備欄觀看。

「哇靠，全閃避套裝，那不是古早時期的補師裝備嗎？沒想到我有生之年還見得到。」

《蒼空Online》的裝備分為五種屬性，分別為力量、靈力、暴擊、體力、閃避，系統隨機分成，玩家可以用「洗鍊石」洗出自己滿意的屬性。

而五種屬性全加到「閃避」的全套裝很難洗鍊到，在市面上非常稀有昂貴。

還有一點，五屬的閃避套裝沒有任何攻擊力可言，除了專職補血的祭司需要，對其他職業根本沒多大幫助。

在剛開服人人都一貧如洗時，閃避套裝當然是熾手可熱的裝備，號稱祭司畢業套裝、打團神器。可是放到人煙稀少的現在，補師通常要點一些自主求生技能才能混著過任務，加上玩家平均等級拉高，其他套裝的 CP 值不會差太多，便宜又實在，因此絕大多數祭司會選擇屬性比較平均的裝備。

總之，全閃避套裝除了用在大混戰這種競速類遊戲上，根本啥用處都沒有。而大混戰那一丁點微薄的經驗獎勵，還不如去參加一對一 **PK** 或是戰隊 **PK**。

「哎呀，那是傳說中的灰姑娘欸。」

當然，觀看裝備的同時，也有幾個玩家認出他的身分，讓莫時奔跑的腳步稍微踉蹌了一下。

來到最後一關，大亂戰的場景轉換，變成一片荒涼原野，各伺服器的第一名公會塔豎立在終點線。

根據每個公會的發展程度不同，公會塔各有高低，玩家們可以自由選擇喜歡的公會塔爬，難度越高獎勵越高。

莫時一眼望去，他所在的第一伺服器是水藍公會的塔最高，他自然是選水藍塔爬。

爬塔跟攀岩一樣有難度，站立點不對就會打滑掉下去，底下還有一堆虎視眈眈的競爭者不停阻擾。莫時試了幾次，立刻找到爬塔的訣竅，憑著迅速的角色移動和裝備優勢，一路上通行無阻。

最後，他以三分二十秒的成績，完勝大亂戰。

系統自動撥放勝利的動畫，他站在高塔最頂端，夜晚星空閃閃，巨大的月亮懸掛在天空，距離近得好像觸手可得。

忽然間，圓月碎裂成數十塊，其中一塊掉落到他身上。

莫時點開包裹查看，裡頭躺著一塊閃閃發光的道具。

這是……第一名的獎勵？

「明月碎片，集滿十個可以兌換神器。」

好像是明白他的疑惑，伏燁在旁解釋道。

莫時看了他一眼，這才發現伏燁也爬上了水藍高塔，但因為走在後方，拿了第二名的位置。

華麗的週末：「你一個大會長，有很多事情要做吧？幹嘛一直跟著我走（╯﹏╰）」

伏燁在他身旁一跳一跳地說：「我來當嚮導，你離開遊戲這麼久，有些設定會不太適應。」

華麗的週末：「是呀，神器碎片……沒想到出了這些新東西，看來我的裝備也該換了，剛才只是僥倖獲勝。」

伏燁：「並不是僥倖，華麗，在短短幾分鐘內就能掌握爬塔訣竅，你的技巧依舊強悍！就連我們家的副會長骷髏都還經常從公會塔自摔呢，如果剛才是單純的競技，你肯定能把那些人打趴。」

華麗的週末：「討厭啦，人家只是個手無寸鐵柔弱的祭司，才不會動手打人，說得好像你看過一樣ヽ(○´□`○)ノ」

莫時大言不慚，仗著自己是補師，裝傻裝柔弱這類無恥的事情他最會了。

伏燁一頓，大概是在笑，答道：「是，我錯了。」

華麗的週末：「哼哼，知道錯了就好。」

雖然口頭上否認，莫時很清楚，的確，**PK**才是他最擅長的領域。伏燁在言語之間彷彿認識他很久了，說不定真的看過他大開殺戒。畢竟，以前的自己有點點衝動……咳……

華麗的週末：「話說回來，你說認識人家，一路鬼鬼祟祟地跟蹤那麼久，到底有什麼意圖？你倒是拿出一些能表明身分的證據呀ㄟ(゜д゜ㄟ)」

拖延了許久，莫時總算問出這次上線最主要的目的——弄清楚這位劍士到底跟過去的他有什麼關係？

伏燁：「我一直都很認真想解釋清楚啊，你看。」

話落，系統發出提示聲，伏燁向他貼出物品訊息，打開來是一顆二級寶石。

伏燁：「你曾經送給我這顆寶石，我很珍惜。」

莫時疑惑地揚起眉，他去拍賣行逛過，知道目前的寶石屬性起碼二十級起跳，就算在剛開服、沒什麼資源的時代，二級寶石也只有新手會配戴。

——我把這個廢石給你？莫時微抽嘴角，不忍說，這顆灰濛濛的石頭，就算用一元賤價丟給寶石回收商，也沒有人想要呀。

「華麗、華麗，你真的不記得我嗎？」伏燁可憐兮兮地問。

「這……」對方莫名的堅持讓他有點動搖了。

莫時把手機拿近，凝視著螢幕中那陌生的ID，努力地思索。

他並不是善於結交朋友的類型，認識的人不多，而且照理來說，伏燁絕對是人群中很顯眼的存在……可是，他就是想不起來有這位黑衣劍士存在。

莫時停頓十多秒，最後答道：「抱歉，我真的不認識你，或者說……不記得了。你以前是我的什麼人？公會伙伴？還是一起打過團副？」

伏燁沉默片刻，語帶保留地說：「沒關係，你忘記了，就算了。」

也是呀，面對面看著伏燁的角色都沒有半點印象，再重提過去也沒有必要了。

華麗的週末：「……你有沒有想過，我可能不會再上線了？」

「那我就一直等下去，我玩這遊戲就只有這個目的。」伏燁不加思索地說：「華麗，雖然我並不明白你為何不告而別，可是那不重要。重要的是，現在你回來了。」

華麗的週末：「……」

這段話觸動了莫時內心的某一部分，他實在不懂這個劍士在想什麼，懷著什麼心情在等一個未知的人，賭那微乎其微的機率。

不知怎麼地，這讓莫時想到過去那段不堪的回憶。曾經他很喜歡這個遊戲，可是遇到那些事情……他果斷放棄一切，自暴自棄般離開遊戲，再也不上線了。

「華麗、華麗。」意外地，面對莫時的沉默，伏燁並沒有沮喪，黑衣劍士圍著他煩人地繞著圈。「那我們就重新認識吧。」

話落，伏燁向他發送好友和入會申請。

叮咚，伏燁向您發送〈水藍〉公會的入會邀請，是否同意？

這進展會不會太快了？

華麗的週末：「我先說，和我扯上關係會有麻煩的。還有，我的名聲不太好……」

伏燁發出一個笑臉。「我不怕麻煩。」

等了他半年的傢伙，顯得絲毫不在意。

伏燁還在努力地老王賣瓜：「我們公會的人很好的，大家早就期待很久了，非常歡迎你加入。」

莫時盯著入會邀請視窗，微微發愣。

他吃軟不吃硬，對方剛好敲中他的軟肋。

原本只是上線隨便看一下，沒想到竟然發現有個人一直在遊戲裡等著他，意外拉長了遊戲時間。

就……再待一段時間吧。

華麗的週末：「隨便你。」

他按下同意鍵。

重新接觸遊戲，讓莫時久違地回想起過去。

那天晚上，他做了一個漫長的夢。

時間過了那麼久，埋藏在記憶深處的人事物，有些細節早已模糊不清。即使如此，在夢裡卻特別的清晰。

夢中的他回到了半年前，當時還是個青澀的小新手，剛拿到新手機，心血來潮地下載了最熱門的手遊《蒼空Online》來玩玩。

手遊有什麼難的呢?就打發一下時間，空閒的時候來玩玩好了——秉持著這樣的想法，他一腳踏入遊戲世界。

他沒想到的是，《蒼空Online》會占據他絕大多數的心力，也會改變他的未來。

在創角時，他看著琳琅滿目的職業：挺拔的劍士、高貴的法師、神祕的刺客、帥氣的弓手，溫柔的祭司——猶豫不到三秒，他選了祭司，還特別選了女性，原因只是她看起來最無辜、最漂亮，一頭金髮波浪捲髮、湛藍色眼眸，開衩的法袍既性感又撫魅，柔柔弱弱地惹人疼愛。

這款遊戲和一般的手遊操控模式差不多，畫面是橫式的，螢幕左邊有個圓盤可以移動，右邊則有四顆技能鍵和一小顆憤怒技。遊戲規則淺顯易懂，照著系統提醒點過一輪，輕鬆升等不是問題。

基本上，手遊都會開放自動攻擊的功能，不過《蒼空Online》的技能配置用手動操控更強大。有些困難等級的副本必須手動閃招，否則絕對會死，因此較講究的玩家多半會選擇手動。

頭腦靈活的莫時憑著自己過去玩電腦網遊的經驗，在一天內就掌握了手遊訣竅，硬是通過比自己現有戰力更高等的副本，迅速升上了二十等，拿到NPC頒發的新手村畢業證書。

一路順遂，直到離開新手村的保護後，出了一點點小問題。

【普通頻道】雨若情深：「勸你別過去，有個瘋子守在傳送點開紅殺人，我剛出去被殺了三次。」

前往傳送點的途中，莫時經過一處岩石洞穴，普通頻道突然冒出一串訊息。

然而莫時平時沒怎麼注意聊天頻道，一方面是手機界面比較小，另一方面是手遊打字比較麻煩，所以比較少玩家聊天互動。結果他直直奔往傳送點，迎面遇上一個紅得發紫的刺客，讀取的畫面剛結束，刺客立刻朝他猛衝，刷刷不到兩秒，自己的人物已經躺在地上。

系統提醒：您被玩家〈綠油精點眼睛〉擊殺，將傳往附近重生點。

第一次被殺，莫時微微愣住，人物自動被傳回方才的岩石洞穴。大概過了一兩分鐘，他翻開對話欄，才注意到剛剛的提醒。

岩石洞穴口，一個黑衣劍士抱著巨劍席地而坐，等級二十等，身上的裝備和他差不多。

【普通頻道】雨若情深：「嗨，又見面了。」

【普通頻道】華麗的週末：「嗨嗨，抱歉剛才沒看到你。守在傳送點那個傢伙有毛病呀，擋在那殺人，新手們要怎麼出村做任務（╬╹目╹）？」

【普通頻道】雨若情深：「是呀，那瘋子待在那殺人三個多小時了，所有離開新手村的玩家都被他擊殺，受不了的玩家都下線不玩了。」

世界頻道上，有眾多新手哀嚎著沒辦法作任務。今天才剛開服第二天，玩家們普遍等級不高，竟然沒人能擺平這殺人魔。

【普通頻道】雨若情深：「殺人魔有三十等，似乎有砸錢買裝，創了一個大公會，仗著自己等級高裝備好，沒人奈何得了他。」

【普通頻道】華麗的週末：「這種傢伙還有公會？」

【普通頻道】雨若情深：「據說公會規模還挺大的。所以說，對方不好惹，我已經在這等一陣子了，看他什麼時候會走，你也等等看吧。」

【普通頻道】華麗的週末：「不要，欺負弱小的人最討厭了。哼哼，我來試試，偏要出村給殺人魔好看。」

莫時忿忿地操縱著女祭司站起身，給自己加了幾道祝福，再度衝去傳送點。

這次，跑圖秒數一結束，莫時立刻發動祭司最強力的技能搶先攻擊，鋪天蓋地的攻擊俐落地打在殺人魔身上。可惜，等級和裝備落差巨大，沒有耗損殺人魔幾滴血，倒是殺人魔打他一下就超痛。撐了三十秒，女祭司倒地，又被傳回岩洞。

莫時不死心，就這樣持續嘗試，來來回回跑了十幾趟。

第十五趟免費傳回重生點時，莫時氣得破口大罵：「Fuck！」

雨若情深：「噗……」

似乎罵不夠，莫時劈哩啪啦地繼續打字：「喵的，綠油精點眼睛——這個ID我記住了，等著瞧，等老子等級升上去，就拿杖戳爆你的眼睛！」

一旁的雨若情深被逗笑了，問道：「哈哈哈，你手速挺快的，男的？」

莫時開啟了語音喇叭，悶悶的男音刻意壓低聲：「聽不出來嗎？」

幾秒後，雨若情深同樣用語音回覆：「嗯，聽得很清楚。」

語音溝通比起手機打字快多了，後來兩人乾脆坐著聊起天來。

雨若情深：「為何玩女角？」

華麗的週末：「女角萌，看著賞心悅目嘛。」

雨若情深：「看你技術挺厲害的，你應該喜歡**PK**吧，怎麼會玩祭司？」

華麗的週末：「掌控別人生死的快感，你不懂。你呢？取了那麼文藝的名字，結果卻玩男劍士？」

雨若情深：「其實我原本想玩弓手，後來按錯就變成坦了。」

華麗的週末：「哈哈哈哈，你也太隨便了。」

莫時難得和初次見面的陌生人聊得來，雨若情深的聲調偏低，感覺挺成熟，聽著對方平穩的聲音，莫時頓時氣消了一點。

兩人很快就互加好友，雨若情深提議道：「不然我也來試試吧，兩個人合作一起衝出去，生還的機率比較大。」

莫時閒著也是閒著，附和道：「好呀，打爆那個綠油精。」

他們發動突擊，一道偷襲綠油精點眼睛。殺人魔沒料到兩個人居然合作了，遲了兩三秒才回擊。

雨若情深的技術也挺不錯，劍士的招式搭配行雲流水，量技放的時間點相當準確，加上劍士本身血厚防高，不好殺死，硬是拖住了殺人魔的腳步。

莫時配合地放上遲緩咒、毒殺咒等負面技能，一面往主城的方向跑，就快要成功踏入傳送點時，他回頭一看，竟發現雨若情深還停在原地拉住綠油精點眼睛，沒有要走的意思。

【好友頻道】雨若情深：「你快走。」

莫時一愣，原來雨若情深從一開始就打算犧牲自己幫助他。

如果此時他停下來，那麼兩人就要一起死在殺人魔手上了，不要浪費對方的好意……猶豫僅一瞬間，莫時一咬牙，頭也不回的跑進主城。

莫時成功脫逃了，而雨若情深直到半夜殺人魔下線休息後，才成功逃出村。

凌晨一點多，兩人約在主城見面，做完主線任務的莫時已經三十等，雨若情深依舊停在二十等。

莫時點擊好友頭像，查看雨若情深的裝備，望著對方因連續死亡掉了一件裝備的狀態，不知道該說些什麼。

雨若情深發出一個笑臉：「別偷窺我呀。」

莫時思索片刻，說道：「雨若，不如我們也來創個公會吧。那個殺人魔都能有公會，我們也可以有。」

雨若情深似乎有些愣住，遲疑幾秒，才又發了一個笑臉。「沒有問題，我沒意見。」

草率地決定了要創公會後，兩人站在公會管理員 NPC 前面，用私訊互相討論著。

雨若情深：「公會名字，取叫什麼好呢？」

華麗的週末：「我取名無能。」

雨若情深：「看你喜歡什麼顏色、喜歡什麼東西、符號，通通都可以拿來取。」

華麗的週末：「唔……叫水藍如何？好聽也好記。」

「你喜歡水藍色呀。」雨若情深站在NPC前，輸入名字。「啊，重覆了，已經有人先取了。」

華麗的週末：「果然水藍這名字太平凡了，容易撞名，取復雜點吧。」

雨若情深翻開公會榜查看，發現這個被取走的公會名「水藍」，原本有三個成員，在前幾個小時卻退掉兩位，只剩下一個會長撐著，而那位會長也已經將近一整天沒上線了。

雨若情深：「水藍只剩一個會長，看起來快要不行了，要不要等兩三天，公會一天內沒達到兩人的基本活躍度，系統會自動解散公會，我們就可以用這名字了？」

莫時是個懶惰的人，回道：「還要等太麻煩了，乾脆換個複雜點的名字比較省事。」

想公會名字是一件非常頭疼的事情，他們花費了一個多小時，一個個嘗試，最後終於成功創好公會名字。

——水墨悠然。

一個傳奇的公會，就此誕生。

自夢中醒來，莫時感到一陣恍惚，一瞬間分不清自己是在夢中還是現實。

人在醒來時，對夢境的記憶會大減，莫時也陷入這個狀態。他對夢的印象模糊，想不太起來細節，卻記得了夢中最重要的名字。

「雨若……情深……水藍……」

他輕輕低喃，這個當初占據他遊戲大半日子的名字。

一瞬間，三條線索即將拼成一個關鍵，可莫時按著後腦努力思索，仍然一無所獲。

很久沒想起以前的事，畢竟他當時沒有想到草創的公會後來規模會如此龐大，讓雨若和他忙得不可開交，天天是城戰、練等、**PK**等瑣碎事務。他幾乎忘了和雨若的初次相遇，那互相幫助、不計較後果、純粹如水的情誼。

才回想沒多久，手機突然發出提示聲，跳出一則訊息。

伏燁——看見上頭顯示名字，莫時輕輕勾起嘴角。

沒空懷念過去了，現在，他有另一個人要優先處理。

莫時簡單漱洗一番，輸入遊戲帳密，登上《蒼空 Online》。

華麗的週末昨晚在野外下線，上線後，莫時讓祭司緩緩跑回城。這次，入城時 NPC 守衛沒再收費，反而恭敬地行禮。因為他已經是水藍公會的一員了，主城就是他們的自家後院，能夠隨意進出。

中央廣場，水藍公會領地內。

莫時風風火火地進入領地，立刻直奔會長所在的大廳。

伏燁早就上線了，背著長劍的黑衣劍士站在大廳，旁邊是副會長骷髏，一個名字跟遊戲形象一模一樣的灰皮膚刺客。兩人在這有一陣子了，似乎正在開會。

昨夜加入公會時，伏燁說之後要找他直接來會長大廳比較方便，因此有好一段時間莫時不知道自己擁有了全公會最獨特的權限。實際上，通常大廳只有會長和副會長才能進去。

【公會頻道】華麗的週末：「早上真難爬起來吶，大家早安哦（╯◡╰）↘」

【公會頻道】骷髏：「早安。」

【公會頻道】伏燁：「早，我的 Morning Call 還準時嗎？」

【公會頻道】華麗的週末：「還行，能再晚一點就好了，我夜貓難受呀。」

莫時玩遍各大遊戲，不介意遊戲參入現實。為了日後通訊方便，他直接跟伏燁要了水藍公會的 LINE 群組，順便把一些公會成員加入好友。今早的提醒聲，就是伏燁發給他的私人訊息。

【公會頻道】伏燁：「華麗，你五十三等正好適合英蒙副本，要不要和我去打？」

【公會頻道】華麗的週末：「你們……在開會吧？不用麻煩，我單刷副本沒問題的。」

【公會頻道】伏燁：「會議結束了，不麻煩，帶我練功吧。」

黑衣劍士跑到男祭司前面，歪著頭說出「帶我」的裝萌瞬間，一旁的骷髏悄悄後退了一步。

【公會頻道】華麗的週末：「我習慣一個人打，不用顧隊友，輕鬆自在。」

【公會頻道】伏燁：「我我我我很會擋怪拉怪，絕不OT，專業好用，兩個人打比較快，帶我嘛？」

【公會頻道】華麗的週末：「好吧，真拿你沒辦法，要加就來吧╯（╰◇╯）╰」

完全被晾在旁邊的骷髏：「……」

瞧瞧，伏燁這是什麼樣子！

骷髏被自家會長無恥的行徑雷到了。以往的伏燁性格很沉穩，講話溫和有條理，受到眾人敬佩。哪像現在，不停賣萌耍蠢，只為粘上一個身分不明的小祭司，簡直是刷新了骷髏的下限。

對了對了，這還要提一下昨天晚上……

骷髏想起昨晚，華麗的週末首次發表補師「帶人」的那番言論……

剛加入公會的華麗的週末，初次在公會頻道說話：「我要刷副本，誰需要我帶？」

「給你帶？」骷髏看著這位才四十等的男祭司，覺得這句話講反了。

對此，華麗的週末理所當然地解釋道。

「我說得沒錯呀。副本沒有坦和打手，祭司照樣可以打完整場，只是打得慢一點而已。可是坦和打手沒有祭司補血，可能就會趴——所以是補師在帶其他人，而不是其他人帶補師，懂嗎（ゝ∀◕）？」

聽完這神一般的言論之後，骷髏無疑充滿困惑，不過此人畢竟是會長帶回來的灰姑娘，他便跟著伏燁一起陪打副本。

不過，等兩個七十等封頂的玩家給四十等的補師「帶練」一次，見識到華麗的週末流暢的遊戲技巧後，骷髏才發現，這位祭司的確並不需要人「帶」，打補切換如魚得水，完全能自給自足，反而他和伏燁還被加了一兩次血，被照顧了……不論再強的玩家，被怪打還是會損血的。

出了副本，骷髏感覺到自己開啟了新世界的大門。

細細一想，其實對方說得有道理。《蒼空Online》最少人玩的職業就是祭司，然而稍微困難的副本少了坦還能用打手和跑位頂替，卻不能少祭司。沒人會和紅水的CD時間過不去，因此補師在任何地方都是必抱的大腿！

於是乎，這番經典的「帶人」言論，成為日後水藍公會的補師名言。每個祭司下副本都準備要「帶人」，而其他人則猛抱補師的大腿喊著「帶我帶我」。

伏燁帶回來的灰姑娘，剛加入便給水藍公會的成員帶來前所未有的歷史性大變革。

就在骷髏陷入感嘆的這短暫片刻，伏燁和華麗的週末已經組好隊，傳進副本裡了。

同樣地，剛加入了新公會，莫時也正在適應中。

他最需要適應的對象，就是伏燁。

莫時此時捧著手機螢幕，看著劍士熟練地揮舞著長劍，將所有怪物聚集到自己身邊，不禁抿緊了唇。

自從第一次組隊打副本後，莫時就隱隱約約查覺到異狀。

莫時自認打怪方式很特別，在打王時，他會脫掉毫無攻擊力的閃避套裝，換上隨處可見的祭司裝，直接開打。

之所以會採用這麼冒險的方式，是因為洗鍊全閃避套裝已經花掉他絕大多數的錢，所以打副本時莫時就湊合著用，能過關就好。

《蒼空 Online》的祭司技能全是範圍技，莫時仗著可以自己回血，採用最有效率的方式……拉了一大群怪邊跑邊打，直到自己掉到殘血邊緣，才慢悠悠地放出治癒術。每次打完怪，他的血量都幾乎見底，卻又奇蹟似地沒有掛點。

他的打法危險但高效率，倚靠強大的角色移動技巧，稍微出個差錯就會死掉。以前莫時和不少劍士或打手合作過，眾人總抱怨他很可怕，打得心驚膽戰，很少有人受得了，久而久之，莫時習慣單打獨鬥。

但是自從跟伏燁組隊，每當他的血掉一半以下，那位劍士就會瞬步過來，吸走他身邊所有的怪物，同時兼顧好王的方向，不讓王的範圍攻擊掃到他。莫時還沒看過仇恨值拉得如此完美的坦，那跑位和打法，若不是經驗豐富的劍士，是沒辦法施展的，更別說配合自己了。

他有一種感覺，伏燁好像很熟悉他的打怪方式，也許以前和他組過隊？

還有，昨夜下線前，伏燁給了他一把法杖。

銀色杖身，上頭鑲了一顆淺藍色的寶石，高階法杖散發出優美的光輝，還有個很漂亮的名字——席娜莉女神杖。

伏燁：「送給你，你的服飾是白藍色系，拿這把杖很好看。」

莫時遲疑片刻，使用探測術偵測，法杖正是由伏燁製造，製造時間竟然在久遠的半年前，大概是莫時玩遊戲那段期間。

在剛開服就製好的神器法杖，即使放到現在，依然要價不斐……莫時想著，這禮物太貴重了。

華麗的週末：「伏燁……我們以前究竟是什麼關係？」

伏燁只是發了個笑臉。「這是欠你的人情，就當作朋友一場，收下吧。」

僅是朋友一場，會送出如此貴重的法杖嗎？他們的關係……應該不簡單吧。

莫時想著，大概許久前伏燁就打算送武器給自己了，他卻臨時不告而別，再也沒上線，拖到今日，才能真正親手交給他。

「可是……」莫時閉上眼，沉默了片刻。

華麗的週末：「……我的朋友不多，我連你是誰都忘了，這禮物我能收嗎？」

伏燁：「華麗，我了解你。你的朋友不多，卻對每個朋友都盡心盡力、真心付出，很少有人願意這麼做。你只是刀子嘴豆腐心，實際上很會照顧人，待在你身邊的人，很幸福。」

莫時心中十分複雜，以前的他性格絕對稱不上好人，可不知道為什麼，伏燁對自己的評價特別良好。

伏燁：「這把杖我早就做好了，只是要送給你那天……你就不再上線了。」

螢幕上，黑衣劍士朝著他伸出單手，微微彎腰，做出一個優雅的邀請動作。

劍士是《蒼空Online》裡頭最高最挺拔的職業，紳士般優雅的姿態，以及忠誠可靠的外貌，公認最能讓人心動。

伏燁：「華麗，在我心中，你很重要。你是特殊的存在，雖然晚了一些，還是請你收下吧。」

話已至此，莫時五味雜陳地收下這大禮，讓小祭司配戴上精美法杖。一瞬間，他籠罩在光輝沐浴下，原本慘不忍睹的戰力，立刻飆增到平均值以上。

身旁的黑衣劍士不停做出撒花舉動，似乎很開心，莫時不自覺地輕笑出聲。

這個人有時後很認真，有時後又誇張地開玩笑，不過對待他總是小心翼翼、非常珍惜的樣子。莫時感受得出自己在伏燁心中的份量。

經過短暫的相處，莫時逐漸掌握伏燁的個性，不由得心生感嘆。

華麗的週末：「伏燁，我究竟對你做了什麼事？讓你變得這麼M。」

伏燁：「我是M，你就是S。」

華麗的週末：「討厭啦～人家是溫柔善良可愛的小祭司，最良家婦女了，才不是什麼S，你說是不(๑ˇ³ˇ๑)？」

伏燁很M地說：「是，你說得都對。」

瞧瞧，這不是M是什麼？

短暫閒聊後，兩人再一次組隊進入副本。

拿到伏燁贈與的全新法杖，莫時打怪變得更加順利，經過一個多小時，華麗的週末一路從五十三等升到五十七等。

《蒼空Online》有平均等級設置，新手玩家享有高百分比的經驗加成，所以莫時練得特別快。他粗略估計，再一個星期就能練上七十等封頂。

今天是星期日休假，到了中午十二點多、手遊的尖峰時段，水藍公會懶散的成員們這才慢慢地陸續上線。

公會頻道人數逐漸多了起來，小新手們有一搭沒一搭地聊起天。

莫時隨意地看著眾人閒聊，他注意到——今天上線後，已經是第十八個人在跟他打招呼時說出「灰姑娘」這詞了。

向來直接的莫時，立刻就找向事主。

趁著伏燁與王周旋的空檔，在旁閒閒沒事的莫時滑著手機發問。

華麗的週末：「伏燁伏燁，你解釋清楚，為什麼他們都叫我灰姑娘？人家明明就是男的呀（◎｀ㅂ´◎）！」

莫時其實不太高興，身為一個男人，現在也不是玩女角，被叫灰姑娘總覺得哪裡怪怪的。這也是一開始他對伏燁印象不好的原因，雖然現在算是化解誤會了。

伏燁頓了頓，將角色調成自動戰鬥模式，回覆道：「我從沒說過你是女的，那個是誤傳。」

說完便轉回手動模式，俐落地拖了一堆怪放招。

華麗的週末：「是這樣呀，我還以為你喜歡男的（=^_^=）。」

黑衣劍士原本流暢的腳步一頓，差一點拖著BOSS自撞山壁。

看來，伏燁的遊戲技術挺好，打怪時還能抽空說話。只要切換速度夠快，高手能在對話框、自動戰鬥、手動戰鬥之間切換如常。

一邊擺平BOSS，伏燁一邊說：「你不喜歡被叫灰姑娘，我立刻就去澄清。」

華麗的週末：「哦，怎麼澄清？大家都深信不疑呢。」

伏燁：「那就，刷到他們全部看到、全部相信為止。」

話落，伏燁在世界頻道發出一道訊息。

【世界頻道】伏燁：「華麗的週末，是男的，從今以後，禁止稱呼他灰姑娘。」

【世界頻道】伏燁：「華麗的週末，是男的，從今以後，禁止稱呼他灰姑娘。」

【世界頻道】伏燁：「華麗的週末，是男的，從今以後，禁止稱呼他灰姑娘。」

……

刷了將近一百則澄清。

莫時看著昂貴的廣播大肆洗頻，心裡想著，這傢伙可真有錢。

話說回來，好友之間可以看到更多私人資訊，莫時一時好奇，點開伏燁的名片查看。

伏燁跟他一樣，也是個不怕別人看的人，名片首頁直接放上FB連結。頭貼是一個約莫二十歲的年輕男子抱著黃金獵犬笑著，外貌俊挺爽朗，乾乾淨淨的，微笑十分溫和。個人資訊設定為私密，公開照片不多，皆是普通的生活照，有幾張出現西裝筆挺的樣子，家庭背景似乎不錯。

長得帥，又不帶殺傷力，一臉溫溫和和的，很耐看。所謂的「好男人」長相，大概就是這樣了，想來伏燁在現實中應該很受女生歡迎。

不……仔細想想，其實伏燁在遊戲裡也混得很好，貌似是鮮花榜第一名，男女玩家對他評價都不錯。這位劍士總繞在自己身邊打轉，讓莫時無法將帥哥該有的氣質連繫上伏燁。

令莫時意外的是，伏燁的FB名字跟遊戲名一模一樣，不清楚是綽號還是本名。

此時，注意到世界頻滿滿澄清文的水藍會員，紛紛爬上公會頻道說話。

【公會頻道】萬里奔騰草尼馬：「老大，我看到世界頻道了，哇靠，我昨天沒上線感覺錯過全世界，原來灰姑娘是男的啊。」

【公會頻道】骷髏：「老大沒有提過名字和性別，所以大家自然而然都當成女生，完全是誤傳呢。」

【公會頻道】貓耳控：「不過光看個人名片，我還以為是頭貼上是個可愛的女孩紙呢。」

莫時注意到這妹子的發言，危險地揚起眉。他頂多是娃娃臉，長得清秀了點而已，根本從沒被誤認成女生過好嗎。

【公會頻道】華麗的週末：「大家，直接叫我華麗就好了唷ε٩(> ₃ <)۶з。」

莫時出聲後，水藍公會頻道先是靜默幾秒，接著一伙人啪啪啪地刷出回應。

【公會頻道】萬里奔騰草尼馬：「華麗的週末，好名字！」

【公會頻道】補到你滿出來：「嗚嗚嗚，對不起，以後不會叫錯了，灰姑娘大人。」

【公會頻道】求神不如拜我：「灰姑娘大人，原諒我吧！」

「……」莫時覺得自己的忍耐底線正在被挑戰。

這水藍公會，很妙。

他怎麼沒有想到呢，伏燁這個會長的性格獨特，就連公會底下的成員也是一群奇葩的小伙伴。

【公會頻道】伏燁：「大家別鬧了。是說，華麗，你剛回歸遊戲，裝備還不夠齊全，有考慮換哪一套裝備嗎？」

莫時也很清楚，等級升上去後，接下來就要開始弄新裝備了，為此他特別去官網爬文看看最新套裝的屬性。

【公會頻道】華麗的週末：「我打算換羅薩姆套裝，這陣子先去競技場打一對一**PK**，慢慢收集神器碎片。」

【公會頻道】貓耳控：「你說的是目前最高等級的祭司套裝吧，那套能打補兼具，確實不錯。」

【公會頻道】朝如青絲：「可惜收集條件不好湊齊，目前只有競技場有神器材料。大混戰第一名有百分之二的機率掉落，其他**PK**模式則是百分之十，機率稍微高一點，但要場場獲勝不是那麼容易，日日夜夜跑競技場，至少要花一個多月的時間。」

【公會頻道】霸北：「可華麗你是祭司，不太適合打競技場吧？補血職業平常被保護得好好的，那種凶殘的地方去了不好，傷身呀。」

公會的小伙伴還沒見識過莫時的能力，等他們親眼看過之後，就會知道莫時不論在哪個戰場上都是衝第一的那個，凶殘程度不比劍士和刺客差。

【公會頻道】伏燁：「還有個方式，華麗，不如，我們組個五人戰隊吧。」

【公會頻道】華麗的週末：「……戰隊？」

【公會頻道】伏燁：「是呀，戰隊 PK 比一對一 PK 獎勵更豐富，我們號召水藍公會最強的五個人，組一支五人戰隊，一定比你單打獨鬥還快。」

一聽到要組戰隊，立刻讓公會頻道炸鍋了。

【公會頻道】骷髏：「什麼我有沒有聽錯，組戰隊？」

【公會頻道】霸北：「老大要組戰隊！天呀，太令人興奮了！」

【公會頻道】萬里奔騰草尼馬：「老大，戰隊的成員決定是誰了嗎？總共開放幾個？」

【公會頻道】求神不如拜我：「那還用說嗎？老大是蒼空排行榜第一名，絕對是內定人選。五人戰隊扣掉華麗和老大，就剩三個名額了。」

【公會頻道】貓耳控：「我想參加！參加戰隊要面試嗎？我立刻就過去，加我一個。」

【公會頻道】朝如青絲：「立刻過去+1」

【公會頻道】死神柯南：「+2」

【公會頻道】鯊魚：「+3」

後面無限附和。

看著一則則刷出的留言，莫時微微睜大眼睛。伏燁的提議固然不錯，組一支戰隊能大幅增加獲勝機率，但他一想到要從這些奇葩小伙伴中選出隊友……就覺得渾身不對勁呀。

三分鐘後，眾多的水藍成員都傳送到他們所在的副本門口。

約莫四十多人前來，十多人準備要報名參加戰隊，剩下的三十多人則是抱持著看好戲的八卦心態。

小小的場地被擠得水洩不通，黑壓壓的人群全頂著水藍公會的名字。其中一個路人碰巧經過，嚇了一大跳：「這啥，非法集會？」

伏燁的一句話，竟一次招來這麼多人。

【私人頻道】伏燁：「華麗，你覺得如何，有打算組戰隊嗎？」

在最後時刻，伏燁傳了密語給他，詢問本人的意願。

【私人頻道】伏燁：「如果你不想要戰隊，決定自己一個人打，我就叫他們散會了，反正那些傢伙只是來看熱鬧的。」

……的確，傳送過來的水藍成員幾乎都圍在華麗的週末身邊，一面轉圈一面興奮地嚷嚷著「終於看到本人了」、「我跑第一個值得了」、「原來他就是老大親自帶進來的人」等等。

「求加好友！求加好友！」

下一秒，加好友的訊息提醒塞滿了整個畫面，眾人猛對他做出撒花、丟愛心、水汪汪眼等期盼動作，甚至有一兩個人彎腰雙手大張，做出很像抱他大腿的動作。

莫時有種被四十多個伏燁團團包圍的感覺。

【私人頻道】伏燁：「真不曉得他們從哪裡學來這些搭訕方式，太變態了。」

莫時忍不住勾起嘴角，這是上梁不正下梁歪吧？

【私人頻道】華麗的週末：「我倒是覺得沒差，戰隊我也是第一次組呢，試試看吧。」

【私人頻道】伏燁：「好，我叫他們在十分鐘內分出勝負。」

……分出勝負？莫時正思索著這句話的含意，此時，伏燁已經走向人群中央。

「咳咳，大家聽我說。」伏燁開語音出聲，吸引眾人注意，待全場安靜下來，他繼續說道。

伏燁：「我知道，每個人都想加入戰隊，可是五人戰隊的名次有限，只能選出三個人，那麼，就用實力來證明資格吧——十分鐘後，還能站在我身邊的人，就是最後贏家。」

水藍的小伙伴顯然也聽不懂自家會長的話。

死神柯南：「老大是什麼意思，當然每個人都想擠進老大身邊呀。」

鯊魚：「這規則有點簡單呢，現場那麼多人想參加，怎麼比？」

補到你滿出來：「我不懂欸，老大。」

萬里奔騰草泥馬：「不明白+1」

骷髏：「……我懂了，這裡是野外地圖，開放開紅殺人。」

副會長骷髏默默打出這句話，全場靜默三秒，然後……就沒有然後了。

會意過來的眾人，紛紛開起殺戮模式，毫不留情地開大絕往身邊的親朋好友招呼下去。

在此時此刻，以往的情誼瞬間蕩然無存。

朝如青絲：「哇哈哈哈！通通給我閃邊去，戰隊的名額是我的！」

死神柯南：「哇喔喔，青竹絲大姊，妳怎麼可以這樣！」

鯊魚：「青竹絲大姊又發瘋了，快跑！」

霸北：「為了加入戰隊，我豁出去了。去死吧去死吧，看我的暈技！」

補到你滿出來：「靠北！你用賤招！」

霸北：「唉呀，你是在叫我的名字還是在罵髒話？」

補到你滿出來：「……」

萬里奔騰草尼馬：「副會跑哪去了？怎沒看到他？」

骷髏：「在你腳下影子裡。」

萬里奔騰草尼馬：「嗚呀喔！嚇死人了！」

也有完全不管規則的幾個人，例如：

貓耳控：「大家加油！用力打用力殺，水藍是最棒的，加油加油加油！」

……

莫時頗為無言，想來這些傢伙不是第一次鬧得這麼誇張，而造成一切的罪魁禍首伏燁，一派輕鬆地提醒：「時間快到了。」

「殺呀呀呀呀——」

所有人開了殺戮模式打成一團，名字全部紅到發紫，小小的野外場地頓時陷入一片技能特效海。因死亡跑到重生點失去資格的成員們，則有一搭沒一搭地泡茶聊起天來，兩者畫面形成強烈對比。

「哇靠，還說不是非法集會！」倒楣的路人再一次經過這裡，慘遭流彈波擊，血量掉到一半。

如伏燁所說，大伙果真在十分鐘內分出勝負。

激烈廝殺後脫穎而出的三人，分別是：

骷髏，七十等刺客，男角，水藍副會長。

朝如青絲，七十等魔法師，女角，水藍長老。

霸北，七十等弓箭手，男角，水藍精英。

加上預定的伏燁和華麗的週末，剛好湊滿五大職業，坦、補師、法師、刺客和弓手——這個無敵組合無論下副本還是 PK 打架都非常合適。

效率很高的他們，當天就立刻去競技場 NPC 那報名組團。

落敗的參加者們也不死心，以貓耳控為首，大伙合力組了一支名為「少流鼻水多噴鼻血」的啦啦隊，堅持要買票進場幫戰隊加油打氣，貢獻一份心力。

這幾天，莫時便跟著熱騰騰新出爐的戰隊成員一起下副本練練手感，順便培養團隊默契。

……一開始，想法的確很遠大。

與這群人組隊下第一次副本沒多久，莫時就有點後悔了。

戰鬥一開始，理所當然由身為劍士的伏燁率先衝了上去，熟練地引一大群怪，這是唯一順利之處。

下一秒，一切就亂了套。伏燁吸完怪還沒站定位，法師和弓手立刻按耐不住地狂放招式，瞬間就OT了，怪物的仇恨值大亂，到處隨便攻擊。

頓時隊伍所有人的血條狂噴，莫時連忙狂放團補，根本來不及打。他再轉畫面一看，血薄的法師和弓手竟然樂呵呵地往前衝，跑得比坦還要快。大伙根本是在競速，整場副本一路狂奔，就這樣奔到了BOSS前面。

肥美的鮮肉自己送上門來，BOSS仰天長嚎，一掌華麗麗地巴死了法師跟弓手。莫時手忙腳亂地復活，還好伏燁立刻頂替上，吸住BOSS仇恨，稍微穩住了局勢。

而打王最重要的輸出刺客，則從頭到尾消失不見，直到BOSS死亡，莫時都沒看到刺客現身。

若不是眾人等級高裝備好，他們可能就原地滅團了，連競技場的大門都踏不進。

好不容易撐到出副本，莫時不禁抬頭望天（天花板？）。未來實在太困難重重，他想死的心都有了。

水藍公會果真臥虎藏龍，養了一群天兵。

技術不好，還可以教導改善，可莫時覺得，這些傢伙的「問題」恐怕不只一點點。

例如……

朝如青絲——水藍公會的頭號女法師，大家都稱她青竹絲大姊。頭貼是位很漂亮的成熟姊姊，在LINE群常常留語音，聲音溫柔婉約十分動聽。可惜她有著與外貌聲音截然不同的性格，只要進入戰鬥模式就會一秒暴走、狂轟魔法，誰也攔不住。據說變身後的模樣人見人怕、鬼見鬼泣，反差極為可怕，難怪會獲得青竹絲稱號。

還有一位極品，霸北——這位名字乍看之下很像髒話的弓箭手，似乎天生自帶衰運buff。偏偏霸北先生又愛衝第一，用他的非洲黑手摸寶箱，所以可想而知，有著一到一百機率的寶箱，整趟副本開出來竟然都是一，沒有掉半個寶物。

甚至有次連一都沒有，寶箱直接顯示「開啟失敗」。莫時玩過遊戲這麼久，第一次看到寶箱開失敗會自動蹦出一隻BOSS殺人這種鳥事，霸北的極品衰運簡直是人間凶器。

打完一整趟副本，收穫只有金幣三枚，不只莫時想罵，連同隊的其他伙伴也差點大罵：「靠北！」

這還不算什麼，問題最大的是副會長骷髏。這位人如其名的刺客，存在感低微，行蹤也鬼鬼祟祟。本應該是主力輸出的刺客，從頭到尾都在潛影，維持著輸出0走完整趟副本，一點貢獻也沒有，莫時真不知道他來這裡是幹什麼的。

詭異的是，骷髏並不是技術差，「潛影」是一種只要被怪物摸到就會自動解除的特殊技能，代表骷髏很清楚BOSS招式和副本地形，躲開了所有攻擊。

既然有能力，為何不攻擊？想不透的莫時乾脆直接問道：「骷髏，你不打，一直站著做什麼呀？」

骷髏：「嗚嗚，我有人群恐懼症、密集恐懼症，怕被人看見……」

「……」莫時被雷得外酥內嫩。

相較之下，伏燁身為會長真是太正常了。這群豬隊友之中，伏燁是唯一沒有出錯的人。

總之，好不容易選出來的戰隊人選，雖然個人戰力強大，卻各打各的像盤散沙，要練好「團隊默契」恐怕還需要非常漫長的時間。

莫時不禁懷疑當初為何會點頭答應組戰隊，走上這條不歸路。以目前戰隊的0默契值，練到遊戲倒閉了，可能都湊不到一個神器碎片吶！

【隊伍頻道】伏燁：「華麗，你負責整體訓練，覺得怎麼樣？」

【隊伍頻道】華麗的週末：「……還行，進步空間很大(´･ω･`)」

零到一百分，他們現在是零，進步空間超大。

已經差到谷底，不會再更糟了，莫時抱持著死馬當活馬醫的心態，試圖振作起來。

【隊伍頻道】華麗的週末：「好了，那麼繼續訓練吧，各位可愛的小伙伴，我先示範一次給你們看。先說，我排的訓練進度很嚴格，沒有完成課程，不・能・下・線・唷（ノ≧∀≦）ノ！」

莫時的低氣壓十分明顯，除了伏燁很M地撒著小花附和，其餘戰隊成員都抖了抖，自動縮到角落去。

接著，是每天五個小時慘無人道的嚴格訓練。

莫時訓練起人來毫不手軟，他的性格看似隨便，不過一旦認真了就會負責到底。於是，大伙從上線起到下線前都泡在副本裡，誰也不准休息，練得霸北、朝如青絲和骷髏三人，叫天天不應、叫地地不靈，叫到喉嚨沙啞，也沒人來救他們。

三天過去了。

莫時沉吟片刻，打開語音喇叭，無比溫柔地說出下一個步驟。

華麗的週末：「再來一下下？」

眾：「唔，太、太多了。」

華麗的週末：「可我覺得剛才的姿勢不太行，還不夠柔軟，像是戳到這個位置，你們就不行了吧？」

眾：「嗚嗚，華麗，別專挑弱點摸，好痛好痛！」

華麗的週末：「真拿你們沒辦法，我下次會溫柔一點的。」

眾：「華麗、華麗，休息一下，這姿勢太消耗體力，我們需要喘口氣……」

華麗的週末：「不行，才這麼一點點就忍不下去了，你們太嫩了。敵方正飢渴地盯著你們呢，不想被一遍遍地輪，就再努力一點。」

眾淚奔：「不——不要再打副本了嗚嗚嗚！」

一提到要打第二十三次的煉獄副本，戰隊成員紛紛跳了出來。

骷髏：「華麗，拜託不要，再刷一次會死的 TAT」

朝如青絲：「華麗，求放生，放我一個人生活 o(╥﹏╥)o」

霸北：「QAQ」這位鐵錚錚的男子漢更是直接讓人物趴在地上，抱著祭司的大腿阻止前進。

伏燁什麼都沒說，一把揪起霸北，扔到一旁去。

眾人一致耍賴，隊形還沒練出來，倒是先學到了他的真傳顏文字……真是的，下個副本也能搞得這麼變態。

對此，莫時早就免疫了，華麗的週末送出一個笑臉。「各♥位♥伙♥伴，走♥

吧♥」

眾：「இДஇ」

地獄的一天再度開始。

待結束訓練，已經是三個小時以後的事了。

【公會頻道】骷髏：「嗚嗚，我好像看到我死去的阿罵在河對面招手……」

【公會頻道】霸北：「我就知道沒好事，今天去小七買咖啡抽獎，竟然抽中再來一杯。天呀好可怕，我怎麼可能會幸運中獎，不對勁，太不吉利了。」

【公會頻道】朝如青絲：「最近連做夢都會夢到在遊戲打怪，果然受虐久了，連夢裡也在受虐呀。」

【公會頻道】貓耳控：「真好呀，我也好想參賽（羨慕忌妒恨）。」

【公會頻道】圓圈圈：「愛之深責之切，你們看看華麗對你們多好，花了那麼多時間細心指導，相較之下，老大都是放我們自生自滅。」

【公會頻道】霸北：「我知道華麗的用心，但這愛太激烈了，恐怕是SM等級的，我怕我小小的心靈承受不了。」

【公會頻道】求神不如拜我：「哈哈哈，霸北哥你不行了？」
【公會頻道】死神柯南：「靠北哥，你不行換我來，我很行的！」
【公會頻道】霸北：「呸呸，老子還行，別詛咒我！還有，打清楚我的名字呀！我是霸北不是靠北！」

水藍的公會頻道一如往常的熱鬧，戰隊伙伴一一敘述（哭訴）訓練內容，其他的會員聽得津津有味，一致投以羡慕的目光。

莫時今天是用電腦模擬器開遊戲，正仔細地觀看副本錄影，重整作戰方針。他抬頭再看螢幕，發現大伙已經徹底聊開了，完全沒注意到華麗的週末本人依舊掛在線上。

熱鬧非凡的聊天內容令莫時不禁失笑，他發了私訊給某位劍士。

【私人頻道】華麗的週末：「看來訓練不夠苦，我怎麼覺得你們樂在其中？」
【私人頻道】伏燁：「他們很有潛力的，你一定要繼續開發他們。」
【私人頻道】華麗的週末：「原來是一群M，太M了（⊙_⊙）」
【私人頻道】伏燁：「虐著虐著，他們也就習慣了，不需要保留。」

莫時很想把這句話截圖，讓水藍會員瞧瞧自家會長賣隊友的行徑。

說到這個，伏燁是裡頭唯一沒唉唉叫的人。這位劍士鮮少出錯，就算錯了，在莫時指正後就會立刻記住新打法。偶爾伏燁也會指出莫時鬆懈的地方，雙方互相學習，由此可見，伏燁的技術在一定水準之上，可能跟自己差不多。

【私人頻道】伏燁：「對了，華麗，你昨晚沒什麼睡吧，會累嗎？」

【私人頻道】華麗的週末：「我以前經常熬夜打副本打城戰，習慣了，不會累。」

【私人頻道】伏燁：「別太操勞了，畢竟帶隊的人是最辛苦的。你的身體很重要，稍微休息一下，補充體力，下次再去更困難的副本就好。我和其他戰隊伙伴都能體諒的。」

莫時盯著這段話，陷入思緒之中。

他安排一系列慘無人道的訓練過程，雖然小伙伴哭得昏天暗地，卻沒有一個人批評他。

他向來不擅長溝通，給人的感覺既凶惡又犀利，有事情都直接先行動再說，往往會嚇到很多人。可是在這裡，他不需要解釋，不需要營造形象，大家都了解他的用心。

水藍，其實是個很溫馨的公會。

【私人頻道】華麗的週末：「不行啦，我睡著就很難爬起來了。」

【私人頻道】伏燁：「多少睡一下吧，五個小時後我叫你起床？」

【私人頻道】華麗的週末：「調鬧鐘也沒有用，我會不自覺掛掉，這個壞習慣總是改不掉。」

【私人頻道】伏燁：「沒關係，你把鈴聲和震動調到最大，我會打到你起來為止。」

就這樣，在伏燁的半哄半騙之下，莫時乖乖地上床睡覺去。

躺在床上的他，在朦朧半醒之間，發現自己竟然破天荒地如此配合，好像哪裡怪怪的。

要是以前，習慣一個人生活、異常獨立的莫時，要麻煩別人打電話叫醒自己，那是絕對不可能的事情。

可是對象是伏煇，當對方主動提出來時，他倒是覺得可以接受。

他好像……對伏煇特別沒有抵抗力？

大神的正確捕捉法

How to Successfully Catch Your Legend

第三章

隔天，莫時精神抖擻地起了個大早，難得沒有賴床，伏燁大概打到第三通他就自動起床了。

簡單漱洗一番，吃完早餐，他立刻用電腦登上遊戲。

【公會頻道】華麗的週末：「各位早安，人家成功爬上線了ψ(￣∀￣)ψ！」

【公會頻道】伏燁：「早安。」

負責Morning Call的伏燁自然早就登上線了，不過莫時沒想到，其他三位伙伴也早早在等著他了。

【公會頻道】霸北：「安安，華麗，終於等到你了，今天早上特別閒，感覺異常空虛呢。」

【公會頻道】朝如青絲：「不知道為啥，每天不停加班訓練，突然有一天休息了，好像覺得有點怪呢。」

【公會頻道】骷髏：「是呀，沒了地獄訓練，突然渾身不對勁。回想起來，其實訓練的日子特別精彩充實，學到了很多啊。」

這些傢伙，根本是欠虐嘛。

【公會頻道】華麗的週末：「這樣稱讚，人家會不好意思的。既然大家那麼想我，為了回饋大家，今天的副本難度就上升一級，挑戰最困難的七十等監虎副本吧(>///<)」

眾：「ಥдಥ」

方才還在嚷嚷著懷念的小伙伴，立刻打出哭奔的顏文字，其中霸北同學當場跪地，抱著小祭司的大腿哭哭，然後再度被伏燁一把揪起，扔到旁邊去。

不過，水藍戰隊的小伙伴被虐著虐著，就慢慢習慣了。再次進入地獄副本訓練，每個人迅速無比地適應環境，發揮出比平常更高水準的能力。

莫時十分滿意成果，經過一次次的訓練，如今他們已經不需要提醒就能充滿默契地相互配合，嚴然是支精英隊伍。

他們並不弱，只是不會配合，有了基本團隊默契，接下來就順利了。

號稱最困難的滿等監虎副本，大伙不到十分鐘就打完了。一出副本，華麗的週末便全身沐浴在金光之中，他升上六十五等了。

莫時的等級拉上來，隊友默契也培養好，現在的他們做好了萬全的準備。

【公會頻道】伏燁：「副本全部打通關，去競技場開打吧？」

【公會頻道】華麗的週末：「好。」

【公會頻道】眾：「喔喔喔喔，終於要開打了，我好期待呀！我好興奮呀！」

【公會頻道】貓耳控：「老大，我們啦啦隊團也要跟！」

水藍一幫人似乎比戰隊核心成員還要興奮，大伙熱熱鬧鬧地報名競技場。在等待的過程中，大家有說有笑，熱鬧非凡。

約莫一分鐘後，他們接觸到第一場的比賽隊伍。

系統自動傳送，轉換場景，他們進入了羅馬競技場風格的建築物之中。

龐大的空地兩端站著敵對人馬，倒數十秒即將開打，敵方人馬率先上前，看見對面玩家頭頂上的金黃色隊名，瞬間噴茶。

「噗……葬儀社？」

「這啥鳥隊名，太好笑了。」

「哇靠，仔細一看，觀眾席那是買票進場的加油團？他們竟然有專屬的啦啦隊！」

「他們都是……水藍公會？」

「什麼？目前排行第一的水藍公會！」

倒數秒數歸零，雙方不再對話，直接開打。

一瞬間，勝負立即揭曉。

水藍戰隊毫無懸念地秒殺對方，在敵方人馬驚愕的目光下，華麗的週末走上前。

「隊名取叫『葬儀社』，是因為我們的工作是替你們收屍喔～放心，我們是專業的，請安心去死吧（撒花）・★,:*:・\(￣▽￣)/・:*・゜★*」

敵方眾：「……」

就這樣，戰隊一路打通關，幾乎無人能敵。

接下來幾天，莫時和水藍的小伙伴全泡在競技場，一面湊神器碎片，一面享受對戰帶來的快感。

慢慢地，戰隊知名度逐漸上升，引起許多玩家的關注，世界頻道經常能看到有人在討論。

「欸欸，要不要買票去競技場看看？最近出現一支很強的戰隊，叫什麼葬儀社的。」

「噗……這名字很可以。」

「戰隊出自水藍公會，是會長伏燁和水藍前三強組的，據說戰無不勝，目前零敗績耶。」

「裡頭不是有個才六十五的祭司？」

「不，那個祭司華麗的週末，才是整隊最可怕的人。他的換位十分精準，又自帶補血技，對手完全打不死，還常常被他耍得團團轉。」

「那祭司的技巧挺好，手速又快，一邊打人還能一邊嗆聲，打出來的話氣死人不償命。」

「我覺得重點是，他到底是怎麼在手遊打出那麼多顏文字的？」

「而且……運用得如此精湛，咳。」

他們的說法非常隱晦，實際上，華麗的週末的顏文字，放到哪個地方都可刷滿眾人的怒氣值，令人無法忽視。

莫時出了競技場，碰巧瞧見世界頻道上一堆人在討論自己，他樂呵呵地回覆。

【世界頻道】華麗的週末：「很簡單的，我在手機收藏大量的顏文字庫，用複製的就行了。哥手速快，好孩子千萬別學(ㅐ(ˇㅐ)✧」

【世界頻道】眾：「……」

經過華麗的週末上世界頻熱切「宣傳」後，更多人開始關注「葬儀社」的戰績和戰術了。

讓莫時來說，他們戰隊最主要的致勝因素是「穩定」和「配合度」。

小伙伴把自己的特長運用在戰術中，例如，青竹絲大姊的暴走，和霸北的極品衰運、骷髏不定時的耍自閉，配上控場強大的伏燁和莫時，敵隊人馬總摸不透他們的戰術，往往在迷茫之間就被俐落地解決掉。

偶爾有小失誤，藉由伙伴之間的默契配合，總能彌補缺失，因此戰隊穩定度非常高。

另外值得一提的是，除了戰隊本身出名，由貓耳控所組成的水藍公會啦啦隊，也十分引人注目。

隊名「少流鼻水多噴鼻血」的五人啦啦隊，以整齊一致不厭其煩的洗頻口號聞名。

貓耳控：「來來，大家一起喊，水藍公會加油加油加油！」

制服控：「水藍公會加油加油加油！」

蘿莉控：「水藍公會加油加油加油！」

正太控：「水藍公會加油加油加油！」

金髮控：「水藍公會加油加油加油！」

幾乎一模一樣名字也一模一樣外型的五人啦啦隊，在觀眾席熱情吶喊，可怕的洗頻模式令敵方人馬未戰先怯，只想退避三舍。

「這些人的名字到底是……五胞胎嗎？」

「暈了，這啦啦隊是一個人還是五個人……我已經分不清楚了。」

一個帶著貓耳裝飾品的男法師，嚇得渾身顫抖：「哇靠，一個小時前，其中一個人密我說『弟弟你好可愛哦』，這難不成是搭訕？我拒絕十多次了，可是她完全不死心，好難纏。」

「啦啦隊有五胞胎呢，你說的是哪個？」

「貓耳控。」

「……」說完後，所有人都沉默下來，紛紛檢查自己身上的配件，以免跟那些難纏的傢伙扯上關係。

「……我錯了，再也不戴貓耳了，我恨貓耳！」男法師自暴自棄地損毀貓耳飾品。

一個星期後。

莫時點開包裹，滿意地露出微笑。才一個星期，他們已經蒐集到三十九片明月碎片，只差最後一片，就能湊齊羅薩姆祭司套裝的製作條件。

水藍戰隊在競技場一路順暢通行，以「雷」敵隊為宗旨，每天都快樂得不得了。

他們的可怕名聲遠播，有不少敵人在看到對手是「葬儀社」戰隊，立刻果斷棄權認輸，或是自暴自棄地脫裝讓他們打。種種原因，讓水藍戰隊戰無不勝的傳言更加誇大。

最後一場競技，他們再度毫無懸念地獲勝，螢幕自動切入動畫——滿天星斗高掛在天空，巨大的滿月赫然現身。這畫面莫時已經無比熟悉，最後一片神器碎片，要拿到手了。

【隊伍頻道】霸北：「恭喜恭喜，華麗！」

【隊伍頻道】朝如青絲：「太好了，最後一片到手。」

【隊伍頻道】骷髏：「恭喜，華麗拿到套裝之後就會變得更強der。」

莫時一一接受眾人的道賀，打從心裡感到高興，再看向最後一則訊息，伏燁發送了一個笑臉發問。

【隊伍頻道】伏燁：「華麗，你想去月亮上面看看嗎？」

【隊伍頻道】華麗的週末：「好呀，唔……你是說跳月亮？」

【隊伍頻道】伏燁：「嗯，其實動畫上的月亮也是一種建築物，玩家跳得上去，只是需要一點技巧。」

系統提醒：玩家〈伏燁〉向您邀請動作〈牽手〉，是否同意？

哦？還可以這樣？莫時按下同意鍵。

螢幕上，黑衣劍士微微彎腰，單手掌心朝上向他做出邀請動作。金髮祭司似乎遲疑了片刻，臉頰微微泛紅，這才輕輕將手覆上對方，兩個人的手就牽在一起了。

莫時很想吐嘈系統自動回應的動作，答應牽手邀請，女方害羞還能理解，但他一個男祭司是在臉紅什麼？

一旁的水藍公會成員看到兩人的動作，紛紛嚷著「老大，你要跳月亮對吧」、「我也要跟」、「要跟+1」、「老大好賊只約華麗」、「差別待遇」等等。

骷髏則跳出來阻止眾人起鬨：「你們別鬧啦，老大不可能一口氣牽著所有人跑吧？況且，要有技術才能跳上去，踩空掉下來會死回重生點、掉裝備掉錢包喔。」

提到掉裝備，一瞬間所有人都安靜了，只能發出「ಥдಥ」代替想去卻不能去的心情。

原來變態病毒是會傳染的，原本只有戰隊伙伴，現在整個水藍公會都學會了他的真傳顏文字。

【私人頻道】伏燁：「華麗，準備了，動畫的時間只有三十多秒，得趁這段時間跳上去。」

【私人頻道】華麗的週末：「好。」

仔細一看，半空中居然有幾顆閃亮星星可以當作踏腳石。劍士牽著祭司凌空往上跳，一路踩著星星攀升，底下的圍觀玩家越來越小。

在伏燁跳到某一個段落時，莫時的螢幕跳出一個長方形的小遊戲。

小遊戲像是跳舞遊戲的打節拍機器……居然還是情侶模式。有兩顆滾輪從左跑至右，他們要掌握節奏，在滾輪跑到最中間的亮光處按下去才會得分。

莫時對跳舞遊戲挺熟悉，連續按到三個「Perfect」最高分。

莫時按完後，畫面轉換，伏燁不動了，換成華麗的週末拉著伏燁的手往上跳，兩人踩著星星跳躍，高度持續上升。

若是其中有一方按失誤，他們就會腳步不穩打滑，高度就會下降一些，只有兩人通通得分才會有下一步動作，考驗著牽手對象彼此的默契。

就這樣互相交替著跳躍三遍，兩人最後成功登月。

明月散發出寧靜的光芒，月亮本身其實不大，用人物比例目測，球體不到半座籃球場大。莫時感覺像站上了一顆布滿坑洞的黃色大氣球，畫面稍微退遠一點就能把整顆月亮收入螢幕。

伏燁：「好玩嗎？」

華麗的週末：「很有趣呢，沒想到競技場藏著意外的小驚喜。」

伏燁：「這是我和骷髏發現的。可惜骷髏完全不會按節拍器，之前沒有跳成功過。所以我也是第一次跳到月亮上呢。」

華麗的週末：「哈哈哈，原來如此。」

兩人的角色近距離站在一起，莫時這才發現，劍士天生高挑精壯，而祭司則是天生體態纖瘦。雖然自己的角色是男的，站在旁邊卻足足矮了一顆頭，只到伏燁的肩膀。

再加上伏燁主動發出牽手邀請，所以是由劍士拉著祭司跑，莫時動不了畫面，從背後看就像是一男一女手牽手漫步。

登上月亮之後，系統給玩家的停留時間增加到十分鐘。伏燁解除了「牽手」模式，讓莫時自由在月亮上探索。

莫時好奇地轉了一圈，拍了幾張截圖欣賞，最後跑回來伏燁旁邊。

剛打完競技場，伏燁身上穿著劍士的全戰裝，肩膀旁邊停著寵物……一隻迷你的翼手龍。

據說，這隻翼手龍是水藍公會登上第一公會時，系統贈送的禮物，是全伺服器僅有一隻的神獸，十分珍貴。有許多玩家花大錢想跟伏燁收購，當然都被拒絕了。

伏燁：「怎麼了，一直看著我？」

華麗的週末：「你寵物身上鑲的石頭……」

莫時十分好奇翼手龍的戰力，剛剛查看了一下，意外發現伏燁將那顆回收也沒人要的二級廢石鑲在寵物神獸身上。

莫時本以為，伏燁把那顆灰濛濛的石頭放在倉庫，算是很念舊了。可是他低估了這位劍士，伏燁竟然每天帶在身邊。

莫時遲疑地問：「那顆石頭……你還在使用哦？」

伏燁理所當然地說：「那是你送的東西，當然要用。我很珍惜，至今從沒有拿下來過。」

「那個呀……伏燁。」得知對方將廢石像寶貝般帶在身旁，莫時不禁有些動容，思索了一番，忍不住勸了一下：「那顆石頭不用勉強用，拿下來我不會介意的。」

「那可不行。」伏燁竟然特別堅持。

莫時望著伏燁的全戰裝備，上頭鑲滿了滿級三十級的精美寶石，卻唯獨一處鑲著低等的灰濛濛石頭，這畫面反差有點太大。

華麗的週末：「可是它會拉低你的戰力……」

伏燁：「我的戰力並沒有受影響。我們組的戰隊，還有副本……不是都順利通關了嗎？」

莫時會意過來了。

競技場上，伏燁的戰力無人匹敵，尤其是翼手龍貢獻良多。這隻神獸有個自動攻擊的特殊技能，競技場上死在牠爪下的玩家不計其數。莫時想著，若是知道伏燁只給自家寵物裝了普通到不行的二級石，肯定會讓那些手下敗將氣到吐血。

莫時當然也知道，最主要的一點是，伏燁不論是遊戲技術和角色戰力，都非常強大。雖然相處下來感覺伏燁沒什麼架子，為人處事也很低調，但實際上，伏燁可是目前戰力排行榜和公會排行榜第一的高手。

就是因為伏燁足夠強，所以才能如此隨性，堅持自己想做的事。

莫時暗自下了決定，之後再買好一點的石頭送給伏燁吧，畢竟這個劍士無條件幫了他這麼多忙。

在莫時陷入沉思時，伏燁問道。

「對了，華麗，你有打算要接水藍的職位嗎？」

華麗的週末：「……職位？」

伏燁：「你這陣子訓練戰隊伙伴，大家都認為你技術很好，人也不錯，如果有一個職位比較方便統整、管理公會……當然，前提是你有意願。」

華麗的週末：「唔，不用職位，我對這種東西不擅長，但如果公會需要我幫忙，我很願意做任何事。」

「好，我了解，果然很像你會說的話。」伏燁發送一個笑臉，沒有再勉強。

雙方安靜了一陣子，都沒有說話，最後莫時受不了，主動打破沉默。

華麗的週末：「伏燁，你真的不打算和我細說以前的事？」

他進水藍公會有兩個星期了，心裡多少發現伏燁沒有告訴他全部真相，只講了其中片段。而同樣的，莫時也沒有告訴伏燁，關於自己離開遊戲的前因後果。

莫時不說明，是因為那是他人生中的黑歷史，說了對現在也沒什麼幫助。他不知道伏燁隱瞞抱持著什麼心態，也可能和他一樣，覺得說了也於事無補，又或者是，有其他更深層的原因……

伏燁沉默片刻，說道：「我當然希望……你能想起來有關我的事。」

這位黑衣劍士停在莫時的面前，單膝跪地，微微抬頭看著他，做出騎士宣誓般的動作。

「但過去的事情無所謂了，現在……我能待在你身邊，已經很滿足了。」

伏燁抬起頭，語氣誠懇：「華麗，相信我，我雖然有所隱瞞，但是並不會加害於你。」

對方煞有其事地慎重道歉，莫時有些慌張地說：「你在說什麼，我、我當然沒有懷疑你。」

怪了，手遊有這麼多奇奇怪怪的動作嗎？莫時覺得有些手足無措，感覺伏燁好像真的跪在他面前，害他很不好意思。

華麗的週末：「你、你幹什麼東西，起來啦。話說回來，遊戲改版之後，倒是新增了一大堆肢體動作嘛。」

伏燁：「有一百多種動作選擇，玩家可以隨意搭配，不過複雜動作要預先設定就是了。」

華麗的週末：「你還預先設定這鬼動作？我又不是女生，不吃這一套。我說你，還不站起來嗎？」

伏燁卻維持著同樣的動作。「華麗，讓我待在你身邊，好嗎？」

華麗的週末：「好、好啦。」

這些肉麻兮兮的話，平時莫時絕不可能說出口。他感覺自己臉微微發熱，手指在螢幕上滑了半天，還打錯了幾個字，也許是隔了一層網路比較容易，莫時又補上一句。

華麗的週末：「伏燁，我沒有趕你走，你別隨便腦補呀。」

「好。」伏燁答道。

莫時閉上眼一咬牙，乾脆一口氣說出來。

「雖然我以前離開遊戲那時，過得不太愉快。不過，現在在遊戲中，你待在我身邊，這樣就夠了。」

黑衣劍士站起身，臉上似乎在笑。

「謝謝你，華麗。」

莫時盯著那位劍士，正打算說些什麼。十分鐘時限到，他們被自動傳回競技場大廳。

水藍眾人在底下迎接他們，突然，大家眼前跳出一個視窗，占據螢幕中央。

系統提醒：恭喜玩家〈伏燁〉、玩家〈華麗的週末〉，完成S級特殊奇遇〈浪漫的邂逅〉。

又是改版的新東西？莫時心中冒出不好的預感，點開奇遇介紹。

雙人牽手合力跳到明月上方，在座標（000.000）處，一人單膝下跪，另一人允首答應，即完成奇遇觸發條件（P.S. 浪漫是不分男女的唷）。

特別贈送：稱號〈人家就是欲擒故縱〉，全能力值+2％。

「……」

設計這奇遇的人充滿了惡趣味，稱號的能力值爆表，卻配上一個遜到掉渣的名字，簡直挑戰玩家的人格底線，在配不配戴之間掙扎抉擇，痛苦不已。

而莫時有著自己的堅持，不玩羞恥 PLAY，這鳥稱號他一輩子都不會戴在頭頂上。

兩人降落後，水藍一幫人立刻將伏燁和華麗的週末團團圍住。

貓耳控：「哇靠，你們實在太厲害了，全能力值+2％的特殊奇遇！這是大家夢寐以求的稱號啊！」

朝如青絲：「我好困惑，老大，華麗，你們在月亮上做了什麼呀？」

霸北：「老大，老大，快告訴我們，我們死也要跳上月亮！」

也許是心虛，莫時不打算讓別人知道在月亮上「發生了什麼事」，解釋起來太麻煩了。對於眾人追問，莫時淡淡答道：「沒什麼(=^_^=)」

好笑的是，連伏燁也口徑一致：「沒什麼(=^_^=)」

貓耳控：「哦～～有鬼哦，你們怎麼了？」

霸北：「老大好賊，快講啦。」

有幾個敏感的女孩子捕捉到關鍵字，例如，朝如青絲，這位青竹絲大姊樂呵呵地說：「不能說出口的事……難道是……不可告人的事……」

貓耳控：「我明白了，我完全明白了。」

圓圈圈：「青竹絲大姊，又要黑化了呀。」

霸北：「我怎麼覺得……女生好可怕……」

金髮控：「貓耳姊平時不是這樣的，怎麼提到類似的話題，整個人都變了。」

深知一切的骷髏，解釋道：「各位同學，這大家就不懂了，她們早就腦補自家會長很久了。自從知道老大朝思暮想的灰姑娘是男的，更加停止不了妄想，據說最近有打算要在CWT出本。她們一個擅長畫畫一個擅長寫小說，聯合起來天下無敵……」

鯊魚：「CWT是什麼術語？」

圓圈圈：「出本是什麼？」

死神柯南：「鯊魚乖、圈圈乖，我們到旁邊去喝茶，遠離這塊是非之地。腐女真可怕。」

霸北：「這麼說起來，老大跟華麗呢？」

萬里奔騰草尼馬：「在討論出本的時候，他們早就跑了。」

隔天。

「伏先生，請問昨天你們跑哪去了？」

骷髏滑著手機，在搖晃的公車上一字字艱難按著。

「你和華麗一起落跑，應付公會小伙伴的重擔就落到我頭上。昨天還被他們得寸進尺，拖去副本虐一頓，可憐的我輪落為刷經驗的道具，你知道嗎？」

良久，LINE才跳出對方的回應。

伏先生：「抱歉，昨晚真的有事離開(≡^_^≡)」

這顏文字讓骷髏越看越不順眼：「嘖，當初你要我接副會長職位，說得可好聽了，哪知道變成全會工具人，我要罷工，罷工！」

伏先生：「真是辛苦你了，副會長責任重大，你就多擔當一點。」

「哼。」骷髏這邊還在不爽。

伏先生：「還有，我們都認識那麼久了，別一直喊伏先生啦，好不習慣。」

LINE訊息再度跳出來，伏燁的原本名字，被骷髏硬生生改成了暱稱「伏先生」。

骷髏竄改名字好一陣子了，最近，他又想把好友的名字再改一改，加註成「見色忘友的伏先生」。

骷髏：「我看不順眼呀，誰叫你連遊戲也叫一樣的名字，為了區分，我只好把現實中的名字多加了『伏先生』。」

骷髏和伏燁是現實中的摯友，兩人家住得近，打從幼稚園就認識了，所以什麼話都能不避諱地直接說出口。

「伏燁……我說呀，原本的遊戲 ID 很不錯，沒事去商城買改名卡幹嘛？故意用現實名字來取遊戲 ID，像你這樣腦袋撞壞的優秀人才不多了。」

「呵。」好友僅傳來簡單的回覆。

骷髏：「你改名的事，該不會跟華麗的週末有關係？」

伏先生：「差不多。」

骷髏：「你改過名字，華麗當然認不出你。」

伏先生：「不，我也曾經提過本名，華麗的確不記得了。事到如今，一再重提過去沒有用，不如就重新開始吧。」

骷髏：「伏燁，你曾經改名的事，我只能隱瞞一時，無法保證永遠不會曝光。」

伏先生：「謝謝，你願意隱瞞，我就很感謝了。」

「……」有時後骷髏真的不太懂這位朋友在想什麼。

他想起好友近日反常的行縱，一時興起問道。

「伏燁，你該不會對華麗……是認真的？」

遲了兩三秒，對方才回覆訊息。

伏先生：「如果說……是認真呢？」

骷髏手一抖，驚呼出聲，直接把手機正面朝下摔了。他的大動作在公車上引起一陣騷動，旁邊群眾疑惑地看了他一眼，眼神古怪。骷髏連聲抱歉，趕緊把手機撿起來。

LINE 傳來伏先生的最後一句訊息。

「沒什麼，我只是很欣賞他，對他有好感。」

骷髏：「……可他是男的？」

伏先生：「我知道他是男的。」

重覆詢問頓時讓骷髏覺得自己像個白痴，伏燁當然早就知道華麗的週末是男的。這就解釋了伏燁任由著「灰姑娘」的謠言越滾越大，卻不曾主動提對方的性別和名字讓其他人搜尋——因為他確實對華麗的週末有好感。

骷髏遲疑地盯著螢幕，沉默不語。

「只有他。」伏燁淡淡地說：「只有華麗的週末，他是例外。」

骷髏進入遊戲的時後，已經錯過傳說中的灰姑娘。看著伏燁日日夜夜心繫在那個陌生人身上，骷髏隱隱約約地，其實早就猜出好友的心思。

「雖然華麗自己忘記了，可是……」伏燁一頓，「水藍公會，就是為了華麗而創立的。」

這件事他聽伏燁講過，創公會花費了不少心思，伏燁堅持要建立一個名為「水藍」的公會。原本預定的第一個入會人選是華麗的週末，可惜那時後他已經不再上線，於是伏燁自己當了會長，又拉了骷髏來當暫時的副會長。

骷髏嘆了一口氣，問道：「時間過太久，我差點忘了，副會長本來就是屬於華麗的。那職位的事呢？你有找恰當的時間提吧？」

「我稍微提了一下，他拒絕了。」

「啊？」

伏燁一頓，緩緩說道：「其實……不是副會長，我本想把會長一職和整個公會都給華麗，可他拒絕了。」

「……」骷髏盯著無可救藥的自家友人。

他還記得當初接任副會長時，伏燁說過的話。

半年前，伏燁天馬行空地描繪著公會的遠景，那時後的伏燁只是個普通的小新手，身上穿著最低等的破裝爛劍，口中的承諾就像個虛構的浪漫美夢，誰也不當一回事。

然而半年後，伏燁以黑馬之姿異軍突起，不但將公會經營壯大，成為威風凜凜的大會長，更躍升戰力排行榜第一名。時間相隔已久，這位劍士依然維持著初衷，打算將一手創立的公會交給那位小祭司。

……華麗的週末，究竟讓伏燁死心蹋地到了什麼地步。

伏燁：「華麗只是嘴巴壞，其實人很好的。」

骷髏：「你到底欠了他什麼呀？告訴我，我絕對徹底遠離，這簡直比賣身契還要恐怖。」

「你怎麼跟華麗說的話一模一樣，太過分了。」伏燁笑笑地回應。「慢慢來吧，太久沒有見到他，我有些急躁。儘管告訴自己別衝動、別嚇到人家，但仍然忍不住……」

骷髏一愣，此時他才會意過來，也許對於一個苦苦等了半年的人來說，突然見到朝思暮想的人，伏燁的定性已經算不錯了。

自己跟前任網婆分別三天就覺得難受，更何況整整半年。

「隨隨便便就把公會送給人，這種話你可不能讓其他會員聽到，大家會心碎的。」骷髏有些頭疼。

「沒有隨便，我仍然很照顧公會的。」伏燁說。

「你屁！一天到晚照三餐配的團副，現在不都是我在管的嗎？」

「我也只有這一個星期休息，偶爾還是有幫忙顧的。況且，會長的職責只需要出來顯擺一下，嚇跑敵人就夠了。」

「說得真輕鬆，那副會長的職責呢？」

「吃苦耐勞做得要死全年無休沒加班費？」伏燁說出惡老闆一般的狠毒話語。

「伏先生，真人**PK**，別以為我不敢跟你真人**PK**！」

隨著兩人鬥嘴，話題逐漸的往奇妙的方向偏移。

公車緩緩行駛，骷髏看著窗外，思緒遠遠飄到另一邊。

他不禁站在好友的立場設想了一下，不管如何，華麗的週末回來了，也如實加入水藍公會，接著，最大的問題就是其他公會成員了。

水藍公會是中立幫，鮮少豎立敵人，外人的評價向來不錯。成員個個是和平寶寶，老大說什麼就做什麼，但也有幾個稍微難搞的人物。

其中一個特別心高氣傲、心直口快的人物，火爆的脾氣跟戰力成正比，十分強悍，連霸北、朝如青絲也沒贏過幾次，實力大概僅次於伏燁。

那傢伙最近暫離遊戲出差一週多，等他回來後，發現公會空降了一個小祭司，貌似還是老大的心儀對象，肯定會對華麗的週末有所不滿。

希望內部別有摩擦，骷髏真心地祈禱著。

骷髏想起最近聽到的流言蜚語，語重心長地說。

「對了，伏燁，我最近聽到一個對華麗不利的消息，可能是真的，你要小心一點……」

大神的正確捕獲法

How to Successfully Catch Your Legend

第四章

莫時熟練地輸入動作指令：轉圈。

螢幕上，金髮藍眼的男祭司將雙手舉平，炫耀般轉了一圈。

他身上的長法袍散發著耀眼的璀璨光輝，換上全新的羅薩姆套裝，原本穿著平庸的祭司，頓時顯得亮眼且強大，戰力一下子擠進排行榜前百名。

特殊套裝可以更改顏色，莫時順便用染色劑和繡花針微調漂染了幾個地方，把原本純白色的長法袍染成白藍色系，並在長袍尾端加上幾道魔法陣花紋，改出屬於自己的個人特色。

華麗的週末：「新套裝怎麼樣，夠不夠瀟灑迷人(≧▽≦)？」

伏燁：「好看。」

黑衣劍士坐在一旁，靜靜地看著金髮祭司在城牆跳上跳下，簡直像個剛拿到禮物的孩子。

伏燁笑著：「華麗，你先前的閃避套裝和這次的羅薩姆套裝都染成了藍色，你果然喜歡水藍色對吧？」

「唔？」莫時沒有多想，答道：「對呀，水藍色好看，剛好很配你給的法杖。」

伏燁：「嗯，很適合你。」

華麗的週末：「怎麼突然問這個？」

伏燁：「沒什麼。」

將套裝調到滿意的顏色後，莫時終於看夠了新裝備，操縱著人物再一個後空翻著地，一連串的移動姿勢無比炫技，顯然已經把複雜的動作指令摸得徹底。

華麗的週末：「好了，回城啦≧◇≦」

伏燁召喚出神獸翼手龍，一瞬間，巨大的黑龍原型盤旋在空中。《蒼空Online》的寵物同時也是坐騎，且翼手龍更是稀有的飛行系，可以無視地面建築物翱翔在空中。

伏燁轉眼間踏上巨龍頸部，問道：「華麗，要不要一起坐？」

華麗的週末：「坐得下兩個人？」

「對，翼手龍是雙人坐騎。」

伏燁說得輕描淡寫，充滿了土豪拜金的氣質，手持韁繩的姿勢如此玉樹臨風、氣宇軒昂，騎著這頭龍上大街，絕對能刷出滿滿的回頭率。

其實，戰力榜第一的伏燁才是最瀟灑迷人的那一位吧。

莫時不禁讚嘆：「哇靠，好帥的法拉利！」

伏燁：「嗯？」

華麗的週末：「不不，我是說，好呀，我要一起騎龍。」

黑衣劍士一路載著祭司在高空中前進。

神獸翼手龍的特殊加成是+10%跑速，加上劍士天生的跑步速度較快，他們的行進速度異常快速。

遊戲的雙人坐騎是兩人並肩而坐，伏燁一手持韁繩，另一手輕摟著祭司的腰部，祭司則舒舒服服地倚靠著對方——這是系統設定的基本動作，因為一般而言，只有情侶會共乘雙人坐騎。

莫時剛坐上去，發現自己的人物被親暱地摟著腰，腦袋還自動靠在伏燁肩上，總覺得有點彆扭。不過懶惰又厚臉皮的他，在日後天天被載習慣之後，就果斷拋棄羞恥心了。只不過是遊戲嘛，被帶著走不用動比較輕鬆。

只花二十多秒，他們就從遙遠的西城裝備打鐵場飛到東城廣場。

可以看到在不遠處的水藍公會領地，已經有個人來勢洶洶地擋在公會大廳前等著了。

穿著一身紅色勁裝的刺客，職位為水藍長老，頭頂上的ID顯示著：以你為名的小說。

紅衣刺客雙手插腰，在公會頻道一字一句地問道：「華麗的週末，在哪裡？」

見此人散發著不祥的怒氣，水藍的小伙伴紛紛繞道行、含糊其辭：「小說哥，我們什麼都不知道！」

以你為名的小說：「哼，別裝傻了，那個空降的新手祭司，人在哪裡？」

有幾個人跳出來打圓場。

萬里奔騰草尼馬：「小說哥，你上線啦。」

補到你滿出來：「哎呀一早火氣別那麼大，有話好說有話好說。」

死神柯南：「是呀，小說哥，別衝動嘛。一陣子沒上線，大家都好想你哦，要不要先來去打個團副復健手感？」

以你為名的小說：「你們這群小鬼住口，我一上線就發現了，別想敷衍我！

水藍的規定是只能收六十等以上的玩家，但是我不在這幾天，居然混進了一個新手！叫他出來，讓我會會那小子。」

圓圈圈丟出一個苦臉。「老大親自收的人，我們當然沒有意見。」

求神不如拜我：「而且華麗是老大以前的朋友吶。」

以你為名的小說：「哼，老大收的又怎樣，老朋友又怎樣，就可以無視會規？如果每個人都破例，水藍公會要怎麼維持？」

莫時和伏燁剛降落，就在公會頻看到以上對話。

伏燁下了坐騎，擋在華麗的週末前面說：「小說，華麗現在是六十五等，符合公會規定。」

以你為名的小說：「那是你們帶他練上來，他剛加入時只有四十等。」

骷髏：「小說，你冷靜點……」

「我偏要講。」紅衣刺客氣勢不減，站到伏燁面前，生氣地說道。「老大，你有足夠的能力，擔任會長讓我完全信服。骷髏自從創會以來也一路共同努力打拚上來，成為副會長沒人有意見。公會的其他伙伴全是按照規定入會，可是，這個什麼都沒做的小新手，我完全不信任。」

以你為名的小說：「我擔任水藍長老一職，照著規定做事，當初設置的會規是為了拉高公會的平均等級，現在卻加了一個水平以下的新手，叫我怎麼信服？老大，你要給我一個交代。」

火爆氣氛蔓延整個公會，其他小伙伴通通識相地縮到角落，不敢插話。

莫時站在一旁，一直靜靜地看著他們爭論。

這幾天相處下來，莫時大概對水藍公會的運作有些基礎認識。

據說，平時的伏燁是挺有威嚴的會長，他處事低調，作風圓潤，交友廣泛，讓人印象極好。在溫和外表之下則是高超的實力，對於欺負公會的敵人採取絕對抵制，言出必行，剛正不阿，讓敵人畏懼三分，不敢越池一步。在這樣剛柔並濟的帶領下，水藍公會成為少數排行榜上的「中立幫」，不會主動欺凌弱小，也沒人敢招惹。

能做到如此完美平衡的公會十分少見，加上伏燁長得老實好看，許多玩家十分崇拜他，私底下成立了一群龐大的粉絲後援會，成員男女老少都有。

雖然伏燁的神祕完美大神形象，在華麗的週末出現後隱隱約約有破碎的趨勢。

其中，後援會長就是眼前這位叫做「以你為名的小說」的刺客，他因為崇拜伏燁而加入水藍，積極向上混到長老一職。

莫時入會時並沒有想太多，水藍一幫人都是和平好相處的孩子，他很快就混熟了，但似乎不是人人都樂見於此。水藍長老——以你為名的小說，對於突如其來的新人怎麼看都不順眼。

——更簡單來說，他是因為伏燁的差別待遇吃醋了。

【世界頻道】以你為名的小說：「老大，華麗的週末是怎麼回事，今天一定要給我一個交代。」

紅衣刺客從公會頻轉成世界頻大聲宣告，打算鬧給全世界知道。

「怎麼啦？」、「水藍出問題了？」有幾個敏銳的路人聞到八卦的味道，紛紛爬上世頻，調整最佳看戲角度。

【世界頻道】伏燁：「小說，沒跟你商量是我的錯，別生氣好嗎？」

【世界頻道】以你為名的小說：「不，老大，你根本就沒有解釋，我的意志堅決！」

【世界頻道】伏燁：「等等帶你吃王?你之前想要的時裝道具，我查出在哪裡了哦?」

【世界頻道】以你為名的小說：「我不妥協，有華麗的週末，就沒有我！」

【世界頻道】伏燁：「你乖，別氣了。」

【世界頻道】以你為名的小說：「哼。」

「……」看著以上對話，莫時怎麼有種當小三被抓姦的感覺。

世界頻道你一言我一語，伏燁試圖安撫順毛，不過還沒把毛順齊，莫時就手癢跳了出來補刀，重新讓以你為名的小說渾身炸毛。

【世界頻道】華麗的週末：「小說葛格，叫我嗎OロO?」

【世界頻道】以你為名的小說：「你……華麗的週末，還敢出來?」

【世界頻道】華麗的週末：「當然敢呀，我又沒做什麼事，小說葛格，你為什麼討厭人家?」

【世界頻道】以你為名的小說：「我剛才說的話你沒看見嗎？你戰力太低，不夠資格加入水藍。」

總之，嫌他弱拉低公會平均等級就對了。

莫時揚起一抹冷笑，危險地瞇起眼睛。

很久沒有人這樣瞧不起他了，距離他上次火力全開展現實力，有多久了？

莫時興起了惡趣味，忍住強P對方的欲望，再次激怒對手。

【世界頻道】華麗的週末：「話說回來，小說葛格……我有個問題(＞x＜)」

【世界頻道】以你為名的小說：「你幹什麼？少噁心了。」

【世界頻道】華麗的週末：「小說葛格，你的ID乍聽之下很詩情畫意，可是仔細一想，這個以你為名的『你』，不是『妳』呀，難不成葛格你以男人為名寫小說，對男人有興趣(⊙_⊙)？」

「……」以你為名的小說，氣得一口血差點噴出來。

「……」伏燁覺得暗自被捅了一劍。

「……」這坑太深，骷髏知道此時離得越遠越好。

「……」一時之間，世界頻道眾默。

只剩下華麗的週末樂呵呵地在世頻上說個不停：「葛格，我真的不懂，可不可以解釋一下？現在同婚都合法了，說出來人家不會笑你的，說嘛說嘛說嘛^(，◁、)>？」

幾秒後，世界頻道眾人笑成一團。

是的，這是「以你為名的小說」此生的痛處，當初創角不慎，沒選好字，自以為取了個充滿文藝氣息的遊戲ID，沒想到竟是悲劇的開始。幸好隨著等級和戰力越來越高，取笑的人他見一次殺一次，目前已經沒人敢再提這件事。

久而久之，大家都叫他「小說」，有些熟識的人會敬稱「小說哥」，誰叫錯就準備臉著地吃土，他有得是實力打得對方跪地求饒，結果……這華麗的週末，初次見面就猛戳他的痛處。

以你為名的小說也曾經想過改名，可是正牌名字「以妳為名的小說」竟然有人已經取了，且大家都叫習慣小說，改了還要重新記很麻煩。再加上改名卡實在太貴，錢要花在刀口上，不如拿來升戰力，他便把這名字用到了現在。

另一方面，見情況發展到不可收拾的地步了，骷髏發出私人訊息，委婉地說：

「伏燁，火藥味有點重，要不要去阻止一下？」

「……阻止小說？」伏燁微微揚眉。

「不，是阻止華麗啊。」

骷髏頗為無奈，眼前的狀況是，以你為名的小說毫無抵抗能力，華麗的週末怎麼看都比較像加害者。人之常情，當然是阻止惡霸的那一方了。

雖然並不是華麗先挑起紛爭。

「你的灰姑娘實在太毒了，放著他到處跑，完全用不著擔心吃虧啊。」骷髏感嘆。

「好說好說。」彷彿是自己被稱讚一般，伏燁點頭接受了。

骷髏眼神死。「你快點去阻止吧。小說的脾氣不好，我擔心他的血壓飆太高，被華麗活生生氣死在手機前面。」

「說得也是。」伏燁得到滿意的答覆，作為調停公親被推上陣了。

可惜又晚了一步。

以你為名的小說：「混帳，你再給我說一遍試試？信不信我殺了你！」

火冒三丈的紅衣刺客喚出一把匕首，直接朝華麗的週末發動技能。

金髮祭司猝不及防被擊中，陷入暈眩狀態。

《蒼空 Online》的野外強行 PK 分為兩種，一種是普通的開紅殺人，死掉不會掉等，但會噴裝備，也會累積殺戮值。上次水藍公會們集體廝殺玩的是這種，好友之間純玩票性質居多，基本上掉裝備也會有贏的朋友們幫你撿回來。另一種則是稍微講究一點的 PK 競技，需要雙方先行同意，輸者會死亡直接掉等，贏家會公告在世界頻道。

由於需要雙方同意且代價大，輸掉很沒面子，所以第二種較少見。通常會選擇用這種方式野外 PK 的玩家，都有著深仇大恨。

以你為名的小說打了一下便停手，說道：「小子，你會為自己的嘴賤付出代價。我們比三場 PK 競技，輸的掉等，如何？」

莫時看著螢幕上僅剩半條血的人物，估算了一下對方的攻擊力，短暫沉默。

以你為名的小說：「怕了嗎？你只有那張嘴厲害？」

大神的正確捕捉法

華麗的週末：「不，我奉陪。」

金髮祭司俐落地揮舞法杖，瞬間就把血量補滿。「願賭服輸，我求之不得。」

就在水藍公會大廳門口，兩人勝負已分。

刺客和弓箭手在各大遊戲都是**PK**和打王最吃香的職業，加上以你為名的小說技術強、裝備好戰力高，除了心生仰慕的伏燁大神，他在遊戲裡**PK**很少遇到能認真起來的對象。

可沒想到……

他會輸得這麼快。

以你為名的小說看著螢幕上顯示出「你已死亡」的字樣，久久不能回神。

剛發生了什麼事？

那個祭司，把一個刺客玩弄在股掌之間。

華麗的週末全程打帶跑，以不規則的S或8型方式跑給刺客追。

以你為名的小說頭一次發覺，遊戲中的距離會相隔這麼遠，近戰系技能根本打不到對方，自己還被放了一路風箏。

好幾次他以為打中了，可華麗的週末彷彿會預知一樣，移兩步就瞬間閃過了攻擊。就算偶爾打中，對方隨便一揮法杖，血量又回得滿滿的。若沒有一招秒掉，祭司都能活蹦亂跳繼續跑給你追。

相反的，祭司的遠程法術每一招都準確地打在以你為名的小說身上。他的裝備和人物屬性很好，加上祭司本身攻擊力不高，被打不太痛，僅損失5％血量。但刺客不會補血，被風箏著連續攻擊，血量遲早見底。

於是——不到五分鐘，**PK**競技結束，三場比試，華麗的週末贏了兩場。

他只贏了一場，還是湊巧連續兩次矇對位置放招，才僥倖把對方秒殺了。

【世界頻道】系統公告：「玩家〈華麗的週末〉在**PK**中贏了玩家〈以你為名的小說〉，恭喜他獲勝！」

底下群眾一片嘩然，畢竟以你為名的小說在《蒼空Online》排得上前五強，刺客竟然被祭司給殺掉了，簡直跌破眾人的眼鏡。

紅衣刺客停留在死亡狀態，既不說話，也沒有傳回重生點。

【私人頻道】骷髏：「伏燁，這下可鬧大了，小說的脾氣很固執……你真的要好好安慰他。」

【私人頻道】伏燁：「沒事，你太不了解小說了，看著吧。」

PK結束後，對戰兩方皆無說話，現場自然無人敢插嘴。

眼前一陣光芒乍現，以你為名的小說被華麗的週末救了起來。

華麗的週末再度施展治癒術，補回刺客損失的血量，祭司的復活術可以讓死亡懲罰化為0，以你為名的小說雖然輸了比試，卻沒有損失經驗值。

紅衣刺客沉默許久，緩緩說道：「華麗的週末，你才六十五等而已，我已經封頂七十等了，這場架……確實是你憑實力獲勝了。」

莫時微微揚起眉，有些意外事態會這麼進展。

以你為名的小說：「不愧是老大選中的人，你真的很厲害。願賭服輸，我承認你的實力有資格加入水藍。」

紅衣刺客走到他的面前，雙手大張擺出歡迎光臨的姿勢。

「我為先前的失禮向你道歉，歡迎你加入水藍！」

接著，莫時收到了以你為名的小說申請好友的訊息。

莫時按下接受，忍不住失笑，這種戲劇化的誇張舉動難不成是水藍的傳統？

華麗的週末：「我也向你道歉，先前不該那樣取笑你的名字。」

「沒事沒事，大哥你愛怎麼叫就怎麼叫，我不介意。」

以你為名的小說這話當然是華麗的週末限定，若是有哪個雜魚敢隨便亂叫他ID，肯定吃不完兜著走。

就像他崇拜伏燁一樣，對強者，以你為名的小說的態度簡直不能更迷弟了。

眼見雙方和解，一旁的水藍小伙伴全冒了出來，鬧哄哄地把PK完的兩人圍了起來。

有幾個眼明手快的傢伙將過程錄影了，獻寶似地拿了出來，被小說追著要影片，原因是「那是我和華麗大神初次見面的決鬥」當然要保留下來，全然是狂熱追星族的模樣，態度轉變僅是一瞬間的事。

公會頻道一瞬間又熱鬧了起來。

世頻上的八卦者看沒好戲了，紛紛散去。

水藍公會的兩個元老幹部，在一旁靜靜地將一切看在眼裡。

【私人頻道】伏燁：「看吧，和平解決了。」

【私人頻道】骷髏：「你早就知道了？」

【私人頻道】伏燁：「呵。」

又是這高深莫測的笑，骷髏有時候完全搞不懂這位好友。

【私人頻道】伏燁：「當然，華麗有他獨特的魅力。」

剛才華麗的週末先放軟態度，使用復活術救起紅衣刺客，再一遍遍幫對方刷血條，率先展現了自己的氣度。若不是這樣，恐怕以你為名的小說不會那麼快接受對方。

小說是個追星族，但不是隨便哪個強者都粉。他將對方的品性視為重要依據，不能太軟廢，也不能太強硬自我中心，男女關係亂的、拜金炫富的、易怒發瘋到處要嘴砲的更是不行。他喜歡聰明圓融會適時反擊、面面俱到的大神，所以他進遊戲一開始就迷上了低調又進退得宜的伏燁。

此次難得遇見品行優良的強者華麗的週末，才讓以你為名的小說不計前嫌，徹底粉上新對象。

【私人頻道】伏燁：「我對華麗很有信心的。」

【私人頻道】骷髏：「總之，真是嚇死我了，公會內部紛爭什麼的……最難處理了，這種事再來一遍我會受不了。」

【私人頻道】伏燁：「沒事的，我們水藍公會，一路就是這樣互相扶持著過來的，這是我們公會的宗旨。」

【私人頻道】骷髏：「是呀，說得也是。」

莫時覺得有點小困擾。

自從收伏了一個紅衣刺客以你為名的小說，感覺好像吸收了整個粉絲後援會。現在水藍公會的小伙伴們更加崇拜他，像是追星的小粉絲，天天纏著他問東問西。

莫時每天都過得忙碌精彩，花了一段時間重新把遊戲細節摸熟，把等級拉到封頂七十等，開始帶起新手團副，教一教小朋友遊戲技巧。

自從他和小說的 **PK** 事件結束後，公會管理層經過討論，決定開放入會限制，開始招收一些低等的新手。

於是，莫時的新手教室一開班就天天爆滿，那群孩子爭先恐後地加入，團團圍著他等待指引，彷彿他是一尊真．大神。

對於這種轉變，骷髏屢次誇他做得真是太好了，比不要臉的會長伏燁還厲害等等。這位苦勞副會長終於能卸下重任，抱持著無比樂觀其成的支持態度。

能者多勞，莫時不知不覺間接了越來越多責任，目前早上負責帶團、晚上統整人員管理，伏燁甚至在決策重要大事時，也會問過他的意見……雖然華麗的週末沒有實質的職位，卻已經在做核心成員負責的事。

他能夠上手如此迅速，當然是歸功於先前創過公會累積的經驗。

不過，那些經驗對莫時而言並不全然美好，過去的回憶始終影響著他，有時後連莫時自己也不確信，做出這些決定究竟對不對。

老實說，面對眾人的高度期盼，莫時很不習慣。

他總有種恍惚的感覺，以前追逐的一切似乎眨眼間就得到了，猶若虛浮。

事情發展似乎順利得過頭了，看著眾人真誠且熱切無比的態度，不禁讓莫時產生了不夠真實的感覺。

平靜的日子維持不了多久，終歸要結束。

這天他剛帶完新手團副，一出副本就遇上十多個開紅的殺手站在外頭堵他們。

殺手們一致用道具隱藏住ID，穿著斗篷隱藏住職業，見到他們出來，二話不說，鋪開蓋地的攻擊便襲向眾人。除了莫時，其他人根本沒什麼戰鬥經驗，整團立刻被秒殺，死回重生點。

殺手們還不甘心，一路追殺到重生點，守在原地，一遍遍將他們殺了又殺，輪了將近半個小時。

莫時的裝備花了一點商城幣全部綁定，沒有噴掉一件，但是小新手們的裝備在一次次連殺之下幾乎全部噴光。

才剛加入遊戲、四十多等的新手們哪裡遇過這些事，所有人都嚇壞了，不知道該怎麼辦，只能在公會頻上求救。

看著辛辛苦苦帶上來的新手被欺負，莫時瞬間就火大了。

華麗的週末：「好大的陣仗，你們這是幹什麼？」

為首的其中一個殺手說道：「遊戲裡殺人還需要什麼原因，若是說理由……我們針對的人是你，他們被殺都是因為你。」

華麗的週末：「我做了什麼？」

「別裝傻了，你以前做過什麼骯髒事，招惹了多少敵人，難道會不知道嘛？」

蒙著面的殺手首領停下動作，以戲謔地朝另一邊的人群說道：

「喂，那邊的新手們，你們很崇拜華麗的週末吧。你們不知道啊，以前華麗的週末是個殺人魔，看不順眼的人他都殺，殺的人可不比我們少。他四處得罪人，到最後人人喊打，才會遊戲玩不下去退坑的。」

莫時的心臟驟然一跳，隱約感覺手指在顫抖。

縮到角落的水藍公會小新手們，原先不吭一語，聽到殺手毀謗華麗的週末，立刻就站起身駁斥。

「你胡說什麼！」

「少騙人了！華麗才不會做這種事！」

「我們相信華麗！」

殺手首領：「呵，真是動人的情誼呀。不如直接問他本人如何？他是怎麼告訴你們的？」

小新手們頓時語塞，當然不少人好奇地問過，但……華麗從不透露以前的事。

殺手首領：「呵，不信的話，你們自己上網查查，很快就會知道這是真的。雖然華麗的週末離開半年了，認識他的人沒剩多少，回歸時還弄出了『灰姑娘』的噱頭，但不代表他能完全隱瞞過去。現在一些老玩家已經慢慢回想起來了，那個殺人魔的黑歷史超級精彩，遊戲論壇還有一篇熱門貼文，專門寫他的故事呢。」

小新手們當然不接受這種說法。

「少在那邊抹黑！」

「現在亂殺人的根本是你們！」

他們反而因殺手的毀謗而憤怒，一伙人開了反擊模式，發動技能攻擊，卻被對方輕輕鬆鬆反殺回來，灰頭土臉地跌回重生點。

這樣下去不是辦法，莫時歎了一口氣，站出來說話。

華麗的週末：「廢話少說，既然你們有仇的對象是我，那就衝著我來。」

殺手首領：「的確，殺這群小毛頭不好玩，我們主要針對的是你。」

華麗的週末：「放他們走，不關他們的事。欺負新手一點意思也沒有吧，我就站在這，陪你們玩。」

殺手首領：「呵，這是你說的。」

殺手們將嚇壞的新手團放走，獨留華麗的週末。

金髮祭司殺氣騰騰站在原地，一動也不動。

「老大救命，華麗他、他被人守在重生點圍毆了！」

伏燁今日比較晚上線，收到求救消息已經晚了十分鐘。

當他趕過去，見到令他幾乎呼吸一窒的畫面。

金髮祭司被一群紅到發紫的殺手團團圍住。

面對龐大人海戰術，再厲害的高手也沒有施展的地步，對方十多個人招式一齊降下，還沒動招，血條就瞬間歸零，只能任由著對方一遍遍輪死。

即使如此，那位金髮祭司依然頑強地給自己補血，試圖使用道具或跳躍突破層層人牆，強撐一兩秒，再度死亡，然後在重生點復活，一次又一次。

其實莫時可以考慮直接下線，但這不是他的作風，他骨子裡的硬脾氣催使自己一遍遍復活，咬著牙跟敵人硬拚。

角色一次次地復活又被殺死，莫時望著死亡後呈現的黑白畫面，逐漸感到麻痺。

赫然間，下一次復活，畫面不再立刻陷入黑白。

不知何時，一個黑衣劍士跳到殺手群中間，平舉著劍以揮出一道圓弧，瞬間釋放出強大的劍氣，震懾住所有人。

停止不動的殺手們吐出一口血，血量掉了一截，正欲回擊，劍士反手一推，將全部殺手擊飛。

動作一氣呵成，幾秒的時間就瞬間擺平了十多個殺手。

這是劍士特有的技能，原本是擋王專用的三連技，放在 **PK** 上也效果顯著。

戰力越高技能效果越強，排行榜第一的伏燁自然是練到了神乎其技的地步，他的技能不但具有震懾的附加效果，還能把對手打飛一段距離。

數十道白光緩緩升起，現場唯一還活著的，只剩下殺手首領。

「你……」

還未等對方說完，伏燁更快地打出回應。

「閉嘴，你惹火我了。」

伏燁走上前，劍尖抵著殺手脖子輕輕一劃，最後一個殺手魂歸西天。

莫時稍微有些意外，平時給人感覺溫溫和和的伏燁，也有毫不猶豫開紅殺人、下手如此俐落的時刻。

接著，莫時發現周遭已經站滿了水藍群眾，四五道治癒術不停往他身上降，刷滿血量，死亡的負面狀態也立刻被解除一空了。

伏燁：「華麗，沒事吧？」

黑衣劍士在他身旁蹲下，如往常般溫和，方才暴戾的一面彷彿只是錯覺。

華麗的週末：「沒事，這點小傷不礙事。」

伏燁：「那就好。」

劍士朝他丟了一個微笑的表符，接著走到另一處。

被反殺回重生點的殺手們，連武器也不拿，乾脆地圍成一圈坐在地上，一副任你宰割的模樣。

對於伏燁的出現，殺手們的反應不太意外，畢竟他們知道自己打的是第一大公會水藍的人，他們只是搶得了先機圍毆對方，早有心理準備會被慘烈地圍毆回來。

伏燁：「誰派你們來的？」

殺手們沉默不語，從他們用商城道具隱藏住ID、職業和所屬公會，就可以看出這是一支專業的暗殺團，決不會輕易透露底細。

伏燁再度出聲：「為什麼殺人？你的目標是華麗？」

「呵。」殺手首領冷笑出聲，「是的，我的目標是華麗的週末，純粹只是看他不爽。別看他現在這樣，他以前是個殺人魔和騙子，無惡不作，許多人對他深痛惡絕。」

「胡說，華麗不可能會做這種事。」

「口說無憑，你們倒是拿出證據呀！」

水藍一幫人就站在旁邊聽著，莫時一眼望去，霸北、朝如青絲、骷髏，還有以你為名的小說……幾乎所有熟面孔都在。

「你們水藍一伙人說的話真的都一個樣呢。華麗的週末，我由衷地佩服你，把以前的骯髒事全部藏得這麼好，還讓這群人對你死心塌地。」

殺手首領頓了頓，說道。

「要我拿出證據……好，那跟你們說最有趣的一件事，你們那令人崇拜的華麗的週末，以前角色是女祭司，他曾經用女號勾搭各大公會的有錢人，騙了無數人的財產，甚至整到其中一個會長不玩了。後來事情爆發，所有人都很不爽，若不是當時的第一公會水墨悠然的會長護著他，他早就被人輪到認不出來了。」

「還有，他是個大衰神，以前的公會水墨悠然，也因為他搞得烏煙瘴氣，得罪了不少公會，最後被十多個公會聯合圍攻，下場淒慘——這只是華麗的週末做的其中幾件事，他的骯髒事，根本數也數不清。」

接著，殺手首領貼出一串精簡過的短網址。

「消息已經傳開了，去論壇看看就知道了。」

水藍的成員愣在原地，皆無話可說，殺手說的消息太過震撼，令他們一時之間不知道該如何反應。

在一片沉寂之中，伏燁唐突地說道：「骷髏，他們的公會查出來了嗎？」

骷髏：「查出來了，為了避嫌，他們在三小時前退公會，前公會是今朝有酒今朝醉。」

方才氣定神閒的殺手首領，此時才展露出片刻的驚愕：「什麼……怎麼可能？」

伏燁：「身為一個暗殺者，你太多話了。」

商城的道具雖能隱藏住ID和職業、公會，卻也有破解的辦法。

少數玩家修練的特殊技能「言靈」，能夠藉由讓對方說話來識破偽裝，水藍的副會長骷髏，湊巧就練了這個特殊偵測術，伏燁方才不停地誘導對方開口，就是為了這個目的。

在言靈技的誘導下，骷髏一聲令下，十多個殺手自動報出資訊。

「遊戲ID人模鬼樣，七十等，職業刺客，前公會為今朝有酒今朝醉，開紅次數一百三十五次，好友數一百八十人，加入遊戲時間為……」

「遊戲ID棒打老虎，七十等，職業魔法師，前公會為今朝有酒今朝醉……」

「遊戲ID百練生，六十九等，職業弓箭手，前公會為今朝有酒今朝醉……」

……

他們突然管不住自己的人物，角色自動PO出身家底細，鉅細靡遺地講出連個人名片也沒有的訊息。

殺手首領氣得七竅生煙，幾乎在報出資訊的瞬間，十多個殺手果斷下線，避免透露出更多訊息。

伏燁：「今朝有酒今朝醉……又是他們，骷髏，你確定資料無誤嗎？」

骷髏：「當然，言靈術不會出錯的。我順便截圖了，放到公會的LINE群相簿，以後說不定會用得上。」

莫時讓人物走近他們，經歷方才的殺手事件，水藍公會上下一片混亂，現場只剩下伏燁和骷髏還算冷靜。

華麗的週末：「水藍不是沒有敵人的中立公會嗎？」

「也是有一點敵人。」伏燁回答，「什麼都沒做，也會招人忌妒埋怨，我就常被襲擊。」

華麗的週末：「什麼？」

在伏燁的解釋下，莫時這才知道，雖然水藍是少數的中立幫，鮮少豎立敵人，若要硬說唯一的敵人，就是第二名的公會「今朝有酒今朝醉」了。因為長期在排行榜競爭，他們對第一名的水藍公會向來沒什麼好臉色。

不過他們兩方並不曾互相惹事挑釁，且水藍的形象良好，對方怕主動滋生事端惹來負面閒話。然而，雖然表面上和平相處，私底下卻各種騷擾手段都用上了。

伏燁身為水藍會長，經常在公開場合被今朝有酒的人冷嘲熱諷，平時在地廣人稀之處，還偶爾會冒出一兩個殺手襲擊。

對方故意挑四下無人的時刻襲擊，只針對水藍會長，通常伏燁一人就能擺平，頂多是騷擾的程度，倒也不礙事。所以在不影響公會伙伴的前提下，行事低調的伏燁並沒有說出口。

這次對方光明正大殺到門前，實屬第一回，做到這個地步，等於是兩公會要開戰了。

伏燁：「我記得……今朝有酒的會長是望心，副會長是亞亞米。」

「對。」骷髏默念出資訊：「今朝有酒今朝醉是開服就創立的公會，前任會長是綠油精點眼睛，不知道什麼原因，突然自砍帳號不玩了。後來換了他妹妹亞亞米當副會長，會長則是不知從哪來的空降玩家『望心』接任，公會逐漸大起來，成為現在的第二公會。」

伏燁話鋒一轉，說道：「下一次城戰日期快到了，今朝有酒今朝醉的人，大概是隨便找個理由想給水藍添亂。華麗，你別介意，完全不是你的問題，很抱歉讓你遭遇殺手襲擊。」

「……」莫時並沒有馬上回應。

他的思緒在聽到關鍵字時硬生生停住了。今朝有酒今朝醉的前任會長「綠油精點眼睛」，這名字實在太熟悉了。

莫時清楚地記得，他過去和綠油精點眼睛處處作對，使盡手段弄死對方，可以說，就是莫時整到綠油精點眼睛不玩遊戲，直接退坑。

雖然他不清楚會長望心是誰，但繼任今朝有酒副會長的是他妹妹亞亞米，可想而知，兩人會將砲口一致對外……

這麼說，這次的暗殺事件，其實是他個人的私事，兩公會的小小恩怨只是催化劑。

莫時苦笑著，良久，他打字道：「也許……我和這事並不是完全沒有關係……」

「華麗，你這麼說是什麼意思，怎麼了？」

「發生什麼事了？」

水藍公會的小新手們又圍了上來。

莫時這幾天都在帶新手團，所以孩子們和他特別親近。方才被圍毆的一群孩子已經噴得一件裝備都不剩，一副慘兮兮的樣子。不過，相比敵人襲擊，孩子們更關注的是另一件事。

「華麗、華麗，那些殺手說的是假的對吧？」

「他們說你以前是殺人魔，說你玩女帳騙人，我們才不相信。」

「華麗，你曾經……」

莫時打斷他們一連串問句，說道：「基本上，那些殺手說的都是真的。」

語畢，小新手們像是嚇傻了，愣了好一陣子沒說話。

「華麗，這怎麼可能？」

「中間一定有誤會對不對，論壇的事情也一定是假的。」

「華麗……」

水藍的公會頻道，因為華麗的週末這段話炸了開來，陷入一片混亂。

莫時按了按隱隱作痛的眉心，揮之不去的煩躁感，提升到難以忽視的地步。

這次敵方來找碴，嚴格來說，跟他有很大的關係。

不僅如此，過去的那些糟糕事，又再一次纏上他的心頭。

他以前的事情鬧得那麼大，不可能藏得住，該說的還是要說。於是，他乾脆一口氣全說出來。

華麗的週末：「我以前的評價不是太好，這我在入會的時後就先說了。」

打完最後一句話，他消音了公會頻道，按下回城符，消失在眾人眼前。

莫時的心情很不好。

他操控著人物到處閒晃，橫衝直撞，見了怪物就撲天蓋地胡亂攻擊。

金髮祭司一路奔過危險區域，交了過路費，踏入不屬於水藍領域的城鎮。

才剛踏出傳送陣，眼角正好瞥見那一路尾隨的人。

伏燁理所當然地追了出來。

一連跑了兩個城鎮，莫時知道自己甩不掉他，忿忿地戳著銀幕打字。

華麗的週末：「別跟著我！」

見狀，那位黑衣劍士應道：「我離開，你會消氣嗎？如果會的話，我就走。」

華麗的週末：「你一直追著我，讓我更煩躁了！」

伏燁發了一個哭哭的表情。「不跟著你走，我就沒地方可以去了。大家都在追問我怎麼辦，我也不知道該怎麼辦，只好纏著你了。」

莫時無言地回應：「……」

眼前的畫面是，高大的劍士像個小女人般在他面前捂著臉哭泣，卯足全力裝可憐，可以把手遊的動作指令玩得如此爐火純青，實在令人佩服。

被伏燁一搞，莫時一股怒氣完全發不出來。

他任由著對方跟著，讓金髮祭司挑了一顆野外的大樹下坐下，一旁的黑衣劍士則抱著長劍席地而坐。

兩人相視不語。

五分鐘後，看對方速乎冷靜了一些，伏燁淡淡說道：「華麗，別一聲不響地離開，這麼做不好，對自己很吃虧。」

華麗的週末：「……」

伏燁說：「雖然說清者自清，但有時候誤會要自己解釋才會化解。你也知道，水藍的大家是真心地關心你，只要你願意說，他們就會相信。」

莫時望著螢幕出神，他知道自己的做法不對，完全不解釋地負氣離開，絕對不是取信於人的方式。自己固執的脾氣很難改掉，總是做錯事情再來懊悔。

華麗的週末：「抱歉，我等一下會跟大家道歉的。」

伏燁：「別這麼說，錯不在你。」

劍士將話題一轉，說道。

「華麗，我從剛開服就認識你了，你玩女角，你跟綠油精點眼睛是敵人，還有你以前待過水墨悠然，我都知道。」

莫時一愣，下意識地說：「那麼說，你知道是因為我的關係……」

伏燁更快速地說：「我說過了，那件事不是你的問題。對方找機會派殺手圍毆找碴，怎麼會是你的問題。」

兩人坐在野外場地，又是一陣短暫的沉默。

伏燁率先開口：「華麗，你曾經待過水墨悠然，又離開遊戲一段時間了，有很多消息都不清楚吧。過去的事情……有什麼想問的嗎？」

的確，莫時對於離開後遊戲內發生的事情多少有點疑惑，卻遲遲找不到人問。

伏燁總是拐著彎做事，不探問別人隱私，又主動讓他詢問尷尬的問題，其實真的很體貼。

莫時猶豫了片刻，問道：「水墨悠然……還在嗎？」

伏燁：「在你離開後，沒多久就解散了。」

這早在預料之中，莫時又問了句。

「會長人呢？」

莫時重回遊戲第一件事就立刻查詢那位昔日的友人，但系統搜尋顯示「查無此人」，對方彷彿人間蒸發了，以往的好友名單和對話紀錄全部消失。

他記得自己因為一些誤會和雨若情深鬧得不愉快，還把對方拉入黑名單，但應該不至於連對話紀錄都全部消失吧。黑名單裡也沒看到雨若的名字，這是系統Bug嗎？還是那人刪除了所有訊息？

相隔半年，也許那人沒有再玩了。遊戲相關的網站或論壇也沒提到水墨悠然的公會的八卦。莫時起初沒有多在意，但這次的殺手事件再度吊起了他的好奇心。

伏燁短暫沉默幾秒，沒有回答，久到莫時覺得有點疑惑。

也許是他曾待過水墨悠然，伏燁深知這簡單的問句對他而言含意深刻吧。

時間彷彿凝結了一般，良久，伏燁平淡地說：「水墨悠然的會長，那個劍士，雨若情深？」

華麗的週末：「對，雨若情深，他人呢？」

莫時隱隱約約地確信，伏燁果然知道一些事，否則普通玩家不會把半年前解散的公會和會長的名字及職業記得這麼清楚。

伏燁順著答道：「據說，雨若情深在公會解散後，整個人突然神隱，不再出現了。」

華麗的週末：「呵，是喔。」

原來在他離開遊戲不久後，他曾經待過的公會解散了，那人……也跟著消失不見。

聽到這些消息，莫時說不上來是什麼感覺，既不是難過也不是生氣。時間過了太久，已經沒有當初全心投入奉獻的悸動了，只是……覺得心情有些複雜。

也許是……惆悵吧，真正完全失去的惆悵。一個遊戲玩到末期沒朋友了，只剩自己一個人，總會出現這種心情。

他的情緒十分複雜，先是暗殺、再來是前公會的不幸消息，一口氣接收太多事情，他需要冷靜一下。

「伏燁，對不起，讓我靜一下。」莫時說道，「我這次不會再一聲不響地離開，抱歉。給我一點時間，我會回來的，好嗎？」

「好，我等你。」也許是體諒到他的心情，伏燁溫柔地回應。

莫時閉上眼，深吸一口氣，將遊戲直接關掉。

——華麗的週末，下線。

大神的正確捕捉法

How to Successfully Catch Your Legend

第五章

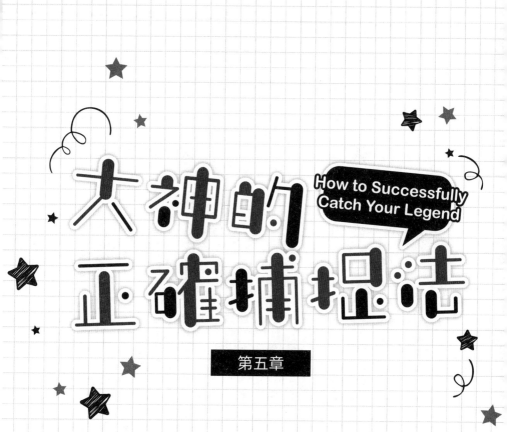

那件事有多久了……

埋藏在心裡，不願去回想的那件事，如今又再度盤據在心頭。

記得那時後，水墨悠然剛創立……

水墨悠然草創，當時的會長是雨若情深，副會長則是華麗的週末。之所以這樣安排，純粹只是雨若情深出的錢比較多，這一點莫時總是說，出錢多的人當老大嘛，順其自然地推了雨若情深當會長。

在雨若情深和莫時的努力之下，水墨悠然雖然僅是兩人公會，卻憑著技術打通了第三層的公會副本塔。在那資金匱乏什麼都缺的時代，一躍成為公會排行榜前十名。

莫時不知不覺間對手遊用心了，花了大把的時間和金錢在《蒼空 Online》上面，甚至省下餐費，將兩個月的打工費全部拿去儲值點數。

好不容易，莫時湊齊了祭司極品畢業裝——全閃避套裝，將戰力提升到極致。

華麗的週末：「雨若，如何，全閃避套裝我終於弄到手了！」

雨若情深：「好看，裝備很好，就差一把武器了。」

華麗的週末：「嗚嗚，隨便拿一把普通杖吧，錢不夠了。我這個月花太多，暫時不準備找武器了。」

雨若情深回了一個淺笑的表符。「不如，我幫你準備一把？」

莫時此時和雨若情深已經混得很熟了，知道對方比他大三歲，剛出社會，找了一份平凡但薪水穩定的工作。和他這個貧窮大學生一比，口袋深度明顯有了落差。

華麗的週末：「你、你別呀，幹嘛給我送東西，我不是吃軟飯的！」

雨若情深：「早上我不在的時間，都是你在帶團副，你為公會付出這麼多，這一點小心意不算什麼。」

華麗的週末：「我是學生時間多，沒差啦，你好好上班不用擔心公會。」

雨若情深：「華麗，送東西給你，我並不在意。」

華麗的週末：「但我很在意，包養什麼的，堅決鄙視！」

雨若情深：「呵呵，有什麼關係，包養也是包養我的副會長。」

華麗的週末：「……」

雪花冰：「唉唷，剛上線就被你們閃瞎了，連在自家公會都要戴墨鏡，真受不了呢。」

突然公會頻道冒出了插言，此人正是水墨悠然的新任長老雪花冰。

華麗的週末：「雪花冰妹妹，這是誤會、我可以解釋！」

雪花冰：「不用解釋了，我懂，我都懂。你們的姦情已截圖，放到公會連結首頁去啦~只有我被閃瞎實在太不公平了，我要讓全公會的小伙伴都一起瞎。」

雨若情深：「雪花冰妹妹學壞了呢。」

華麗的週末：「你們……不要玩我呀，有種來PK，PK決勝負！」

那時才剛開服，玩家選擇不多，人人搶著加入公會解特殊任務，升到中型公會的水墨悠然自然成為眾人首選。

公會剛升級那幾天，莫時和雨若情深加新人加到手軟，天天忙著帶新手團副。公會在短時間內擴展到極致，不知不覺間，水墨悠然的排行逐漸往上升。

也因為如此，他們在一次次的團副中認識了一個好女孩——雪花冰。她和莫時一樣是大學生，遊戲的頭貼直接放出FB連結，可以看到本人長得十分標致。

雪花冰的性格豪爽大方，偶爾也會使壞，是為數不多技術好的女孩子，所以加入公會沒多久，就升上長老的職位。

最初那段日子，可以說是最快樂的時光。

偶爾，雨若情深會和莫時談心，從現實生活聊到遊戲，可以聊上一整晚。

「我換工作了，錄取另一間公司。」

「哇靠，那不是很有名的企業嗎？恭喜你呀，雨若！」

「唉，別提了，原本以為換工作環境會變好，沒想到同事之間心機似海，稍微不注意就會吃悶虧。尤其新人被盯得特別緊，我最近壓力有點大。」

「大公司的競爭特別激烈，雨若，不要受影響了。」

「也許……所謂的工作就是這樣吧。出了社會，就得放下以前天真的想法，面對殘酷的現實，否則就會被淘汰。凡事以利益為主，和同事們聊天只是交際應酬，誰也不會說真心話，因為不知道會被誰在背後捅刀。」

雨若情深嘆了一口氣，最後說道。

「華麗，真羨慕你還是學生，要好好把握時間玩樂啊。」

「靠，這是什麼話，我也很羨慕你有薪水呀。老子窮的要吃土了，一邊上課一邊打工超累，稍微晚到一點還要看教授那張機歪臉，我超擔心期末直接被當掉呢。」

「哈哈哈，說得也是，各有各的苦。」

「雨若，你做事情總是太認真了，若是累了，就減少晚上的遊戲時間吧。你最近天天帶團到凌晨才睡，我怕你身體撐不住。」

「不，我可是會長，要有責任心。更何況現在玩遊戲是我唯一的消遣，別剝奪我最後的淨土呀。」

「哈哈，你太誇張了。」

不只雨若情深，連長老雪花冰也會私下和莫時談心。

「華麗，偷偷跟你說，我交到男朋友了哦。雖然是網戀，但對方人真的不錯，追得很有心，我想說……就試試看吧。對方是其他公會的人，我們才剛交往，怕見光死，你先幫我保密，別讓其他人知道哦。」

莫時從沒看過雪花冰這副模樣，向來豪爽的雪花冰彷彿變成戀愛中的少女，最近的FB照片看起來像是開始學起化妝穿搭，顯得更撫魅動人，眼裡閃爍著幸福的光輝。

於是，他答應道：「好，我替妳保密。」

網路遊戲真的是一個很新奇的體驗，一群現實身分完全不同的人，純粹因為緣分而聚在一起。他們不奢求什麼，憑著友情和熱情一起努力打拚，一起經歷大小事、克服種挑戰，變得無話不談。

慢慢地，水墨悠然的會員越來越多，擠下了原先的公會榜首「今朝有酒今朝醉」，成為了遊戲第一大公會。

雨若情深和雪花冰因為各自工作和戀愛的關係，處理事務的時間大幅縮短，加上水墨悠然出乎意料地變得太過龐大，整個公會的營運重擔頓時全落到莫時身上。

莫時不想讓兩人擔心，一個人獨自處理所有事務。

現實中他半工半讀，經常一心二用玩著手機，擠出的閒暇時間通通貢獻給遊戲了。早上他帶團副解任務，中午休息時間，他一邊吃飯一邊教新手遊戲技巧、解決各種奇葩問題，晚上則和雨若情深及雪花冰一起打怪聊天打屁。

莫時做事乾淨俐落，講求效率，全都按照公會規定處理，不帶一點私情。近日要處理的事情大增，有時候他顧慮不了太多，決策甚至有點不近人情。

水墨悠然變得太大了，事情越來越繁複，人多嘴雜，漸漸地，有一些人對他的安排開始不滿起來。

某天，一個男弓箭手突然語氣不善地發密語給他。

無敵讓讓：「華麗副會，為什麼我被踢了！」

男弓手名為無敵讓讓，有砸錢在玩遊戲，戰力頗高，大約一個星期前剛加入水墨悠然。

莫時微微皺眉，此時他正在解決某個小會員卡點的問題，實在是分身乏術。他冷淡地回：「超過三天沒上線就踢，公會規定不是寫得很清楚？」

無敵讓讓：「我不過就是出去玩三天，逢年過節，每個人都有家族聚會要顧嘛！這幾天上線的人比較少，怎麼那些人沒被踢？」

華麗的週末：「你有請假嗎？其他人可是都有寫假單的，按照規定核准通過。」

無敵讓讓：「我、我……總之，我現在已經回來了，我還會繼續玩，讓我重新加回公會吧。」

華麗的週末：「那麼，按照規定，請你重新申請入公會，和其他玩家一樣照順序排隊，若是公會有空出新位置，我會通知你。」

「好歹我曾經是水墨悠然的一分子，為什麼不能通融直接加入呢……華麗的週末，妳別欺人太甚！妳只是副會長，憑什麼代替會長做決定，我要讓全部的人知道妳不會處事！」

再三被拒絕，無敵讓讓的面子掛不住，轉而在世界頻道大發雷霆，連續洗頻抱怨，水墨悠然內部也是一片嘩然。

多添一件麻煩事，莫時頭疼地撫額，但依舊沒有通融。

這事件一直鬧到晚上，會長登上線。

「怎麼了？」

雨若情深上線後，立刻看到不停翻騰洗頻的世界頻道。

花了兩三分鐘，瞭解事情的來龍去脈後，雨若情深溫和地下了決定。

「華麗只是按照規定做事，並沒有錯。公會規定是我定的，若有問題，請找我來說。」

「可是會長……」

無敵讓讓正忿忿不平地準備反駁，雨若情深卻話鋒一轉，緊接著說道。

「不過……無敵也是有苦衷的，他的朋友都在水墨悠然，城戰也貢獻了不少，是我們的好伙伴。只是忘了請假，並不是什麼大事，稍微通融一下沒有關係，讓無敵讓讓回來吧。」

雨若情深：「關於請假的問題，可能是公會規定寫得不夠清楚，是我的錯。下一次，把規定置頂在公告欄，提醒一下新人吧。」

雨若情深的這番話安撫了浮躁的眾人，會長親自發話，讚揚對方功績，也給了無敵讓讓臺階下，於是在眾人的歡迎聲中，無敵讓讓回歸了水墨悠然。

莫時自然看出了雨若情深為了避免紛爭，輕描淡寫地將錯誤攬到自己身上，做出讓雙方都滿意的決定。

這讓平時直來直往的莫時有些不適應，感覺上，以前的雨若不會這麼說話。當上會長開始管理公會後，對方似乎學會了一些世故的處事態度。

他思緒複雜地打開群組，私訊給雨若情深。

【公會管理群】華麗的週末：「雨若……你真是……」

【公會管理群】雨若情深：「呵，不喜歡我剛才的話嗎？」

【公會管理群】華麗的週末：「也不是啦……」

他知道雨若的用心良苦，在某方面來說，雨若情深的做法才是最圓滑的決定。兩全其美，讓眾人都能接受，不得罪任何人。

【公會管理群】雨若情深：「我認為，一個團體之間，沒有永遠的敵人，也沒有永遠的朋友，有的只有利益。」

【公會管理群】華麗的週末：「利益……是嗎？」

【公會管理群】雨若情深：「對，現實是這樣，遊戲也是一樣的，運作方式不會差太多。使用得當，對所有人都好。」

【公會管理群】華麗的週末：「……總覺得，剛才的你有點陌生，是我不認識的另一面。」

【公會管理群】雨若情深：「如果你是擔心這點，請放心。」

【公會管理群】華麗的週末：「怎麼說？」

【公會管理群】雨若情深：「我保證，在你面前我不會變。」

【公會管理群】華麗的週末：「？」

【公會管理群】雨若情深：「當然是因為，華麗是我最親愛的副會長，你對我而言非常重要。」

莫時正在圖書館邊打報告邊玩遊戲，手機一滑，差點砸到自己的腳，響亮的鏗鏘聲在寧靜的圖書館特別明顯。

【公會管理群】華麗的週末：「你、你你在胡說什麼！」

【公會管理群】雨若情深：「想再聽一次？華麗對我來說，特別重要呀！」

雨若情像是怕他聽不到，用語音模式再重覆一遍。手機自動在圖書館播放出聲，成熟頗有磁性的嗓音說出如同告白一般的話，絕對引人遐想。

同學們疑惑的眼光通通朝他的方向射來，搞得莫時的臉紅成一片，無地自容。

人。

他趕緊把手機調成靜音，喵的，還好晚上同學沒很多，大部分都是不認識的人。

【公會管理群】華麗的週末：「還說，閉嘴啦！」

如此煽情的對話，也讓默默聽著的人按耐不住了。

【公會管理群】雪花冰：「咳咳咳，你們忘記這三人群組還有我這個長老存在嗎?明明兩人都是男的，還天天放閃光彈。對了，我把語音錄下來了，改天放到公會連結首頁去。公然放閃什麼的，太不道德了！」

【公會管理群】華麗的週末：「……」

【公會管理群】雨若情深：「……」

莫時簡直想找個地洞鑽進去。

總而言之，自從那一天起，莫時發現了，雨若情深對處理公會越來越得心應手。

之後公會事務多了起來，他們也逐漸掌握訣竅。

搶怪、搶點、交易紛爭、寶物分配不均、情侶吵架……等等，諸如此類的遊戲紛爭，在他們一搭一唱的談判之下一一化解。

他們處理的方式是這樣子的……莫時總是嚴守紀律，步步相逼，堅決不退讓，耗了一陣子，再讓溫和的雨若情深出來講幾句話，讓對方鬆懈並動之以情，提了一個折衷卻絕不會吃虧的方式，雙方和解。

一旦他們聯手起來，再難纏可惡的對手都會退讓。

莫時終於知道，為什麼刑警要一個扮白臉一個扮黑臉輪流偵訊，犯人便容易吐露真相、承認罪刑，因為軟硬兼施，真的很有效率。

水墨悠然就在莫時和雨若情深、雪花冰的努力之下，步上軌道，日漸擴展。

「華麗副會，我被圍毆了，嗚嗚。」

「華麗副會長，有個玩家在新手村開紅隨便亂殺人！」

「華麗副會，我的寶物被同隊的人搶走了。」

莫時上線的時間最長，所以大多事務都由他解決，只要公會的成員遇到困難，他絕對義不容辭第一個去幫忙。

奉行著網遊的「江湖規矩」行事，誰強就是獲勝的那方，通常解決問題的方式很簡單，了解事情始末後，確定不是自家公會成員的錯，莫時就會直接找到對方，開紅殺得他們片甲不留，見一次殺一次，直到對方道歉為止。

基本上很少有莫時解決不了的事，這天，莫時卻收到公會伙伴的特殊案件。

「華麗副會，怎麼辦，我被外掛騙錢了。」

「騙錢？怎麼說？」莫時倒是第一次聽說外掛會騙錢。

聽完公會小伙伴訴苦，莫時立刻來到主城，果然就見到了那些「外掛」們。

主城中央大廳前，站著五、六個外掛玩家，在世界頻道廣播「專業賣幣，比值一比四萬，大福利，滿五千多送十萬」等等，以一分鐘重覆一次的規律宣傳，不停洗頻。

那些外掛玩家只有一等，ID都十分古怪，莫時一眼望去，國際代理儲值、遊戲賣幣專家、賣幣交易網等等，一看就知道這些人不是來玩遊戲。

莫時本身也砸了不少錢在遊戲裡，知道目前遊戲的幣值是一比兩萬，這些外掛的比值比一般價碼硬生生多了一倍，吸引了不少玩家購買。

詐騙方式大致是，玩家聯繫上外掛，對方會要你先加 LINE 或各種通訊軟體，大頭貼絕對是個大胸美女。他們會給玩家一個交易網站，要求在網站上進行交易。

交易網站像是新開的數字網，規模做得有模有樣，刊登了各大遊戲的比值。交易方式很簡單，他們要玩家先註冊自己帳號，然後去購買任一種點數卡，把點卡先儲值進自己帳號，標下他們刊登的專屬幣值，就能完成交易。

國內外也有類似的正規網站，一般玩家會信以為真，以為是新開的遊戲數字網。等到儲值進去，玩家們才會發現，這網站再也打不開了，網路上查詢交易網名字也查不到，錢早就落入詐騙集團的口袋中。

莫時去網路上搜尋相關消息，這種詐騙手法真不少。外掛給的交易網本身就是假的，每個網址的連結都不同，等到玩家上鉤了，連結就會自動損毀，查也查不到。而 LINE 上面的大胸美女，早就刪除留言跑了。

詐騙集團簡直是玩家的公敵，於是乎，莫時讓女祭司換上戰鬥裝，在主城開紅一個個殺掉他們。

國際代理儲值，殺！

遊戲賣幣專家，殺！

賣幣交易網，殺！

打到第五個人，突然間角色說話了。

專業幣商168：「別打我呀，我和那些外掛不一樣，是做正經生意的啦。幣商也有人權，禁止開紅殺人！」

專業幣商168說完後，立刻開始逃跑，眼前是詭異的一幕，一人跑一人追在城裡打了起來。

莫時並沒有停止追打，原因是「專業幣商168」一身破爛的新手裝備，一看就是個分身。這傢伙名字後面的數字168是被系統刪帳重創的次數，這個帳被刪了，下一次就取專業幣商169，以此類推。

這位168一路發先生，一面沿路嚎叫著，一面跳到屋頂上，動作一氣呵成，絲毫不拖泥帶水。

莫時停下腳步觀察，技術挺不錯的，應該不是外掛，而是有人操縱。

專業幣商168在屋頂上看著他：「哇靠，這不是傳說中不能招惹的華麗的週末！好一個凶婆娘，妳跑來打我做什麼？」

「啥？」莫時微微揚起眉，什麼時後他聲名遠播到連詐騙集團也知道了。

專業幣商168：「妳不知道呀？這件事已經傳開了，人人都說水墨悠然的副會長華麗的週末脾氣很差，最好不要招惹她。」

莫時確實自認脾氣沒有很好，不過當面被人這麼說，他當然高興不起來。

既然都被別人這麼認為了，那就乾脆……脾氣差到底給他看！

金髮女祭司揮舞著法杖，轟出一顆火球，朝屋頂的詐騙集團發射。

專業幣商168被精準擊中，連慘叫聲都來不及發出來，瞬間摔到重生點。

「嗚嗚嗚……」

專業幣商168覺得很鬱悶，非常的鬱悶。

他不知道哪裡得罪了這女祭司，對方竟然一路跟著來到重生點，他試圖想走回主城繼續廣播，剛走出去一步，女祭司又把他殺了。

十分鐘過去了，他被女祭司一遍遍地輪，不曉得死了幾次。

雖然自己的角色只是一等的分身，丟了裝備也沒啥好心痛，但是被凶婆娘一遍遍殺，心裡就超不爽的呀。

「我是做正當生意的，妳看看我，在這堆外掛詐騙集團之中只有我是純手動！

「看看我這雙純潔的大眼睛，信我吧！

「我把客戶名單給妳看，我不是詐騙集團，生意人講求信用，單純不騙。喂喂，還打呀，聽我說！」

跟對方耗了將近半小時，莫時終於累了，女祭司坐在重生點外圍。膽戰心驚的專業幣商 168 則縮在角落，能離對方多遠就離多遠。

華麗的週末：「的確，你說得有點道裡，外掛不會浪費那麼多時間解釋。還有，我剛聯繫了你說的客戶之一，對方說你是正當供應商，跟詐騙集團沒有關係，幣值來源純手動，只是宣傳方式碰巧跟外掛一樣。」

專業幣商 168：「妳終於相信我了，那、那妳還殺我殺那麼多次！」

華麗的週末：「討厭啦，一路發先生，誰叫你罵人家凶婆娘，人家只是有點生氣，就順勢當了一回真正的凶婆娘給你看嘛╯（╰◇╯）╮！」

專業幣商168：「……」

在重生點的兩人互相乾瞪眼。

華麗的週末：「其實我是因為公會成員有人被騙錢了，才來殺人的。好啦，一路發先生，做為歉禮，我給你一套更好的裝備穿著吧，剛才那件太破爛了ㄋ(・ω・ㄋ)」

專業幣商168默默收下水墨悠然的凶婆娘給的禮物。

一陣沉默之後，不知道是誰先開口，兩人開始閒聊起來。

難得身旁多了一個人聊天，讓每天單打獨鬥的專業幣商168彷彿被打開了開關，抱怨起這行業有多艱難。

專業幣商168：「現在生意難做呀，我每天努力打怪賺錢，天天熬夜消耗肝，用盡心思來賣幣，一天賺的錢沒多少，只能天天吃泡麵過日子，好艱辛呀，嗚嗚嗚。」

華麗的週末：「那就轉職唄，你技術不錯，乾脆來水墨悠然當普通玩家如何？」

專業幣商168：「不行呀，我把現實中的老闆炒魷魚了，得努力賺錢過日子。」

華麗的週末：「……分明就是你被炒魷魚了吧？」

專業幣商 168：「咳咳咳，這遊戲還算不錯，目前小本經營，努力點日子也還過得下去，之後就能做得更大。對了，妳是水墨悠然的副會長吧，順便幫我在公會宣傳一下如何？」

華麗的週末：「沒問題呀，有個值得信賴的幣商，公會小朋友們就不會找錯管道被騙了。」

兩人就這樣莫名其妙地和解，互相加了好友。

專業幣商 168 拍了拍身上的灰塵，從地上站起來。

「呵，我收回剛才的話，華麗的週末，妳沒有謠言傳的那麼糟嘛。妳人為爽快重義氣、愛恨分明，網路上的流言真的不能隨便相信呢。」

莫時一愣，其實這幾天類似的傳聞他也不是第一次聽到。

一直以來都在公會裡扮黑臉，做的決策無法保證每次都能滿足所有人，總會有一部分的人心懷不滿。加上忙碌讓他情緒稍微暴躁，久而久之，負面的流言蜚語開始不脛而走。

但莫時完全沒有放在心上。

華麗的週末：「沒差，我不在乎別人的看法，身邊只要有了解我的人就夠了。好啦，我還有一堆事要忙，先走了，掰。」

金髮女祭司爽快地說完，按下公會符，直接進入水墨悠然的公會領地。

專業幣商168差點脫口而出的一句話，來不及發送出去，對方便消失在眼前。

「這麼做不太好……」

他看了一會對話框，默默將字一一刪掉。

專業幣商168操縱人物走回城裡，當回他的小幣商。

莫時剛玩遊戲，度過了無憂無慮充滿幹勁的生活。

不過，凡事終有消失的一天。

仔細想想，也許……事情開始不對勁，一切開始變了調，是從那一天開始——

莫時覺得最近雪花冰怪怪的。

以往活潑開朗的妹子，發呆的時間變多了。這次去下副本更誇張，恍神到王在身前也沒發現，雪花冰被BOSS的旋風腿踢中，華麗麗地巴回重生點。因少了一個主戰力，水墨悠然公會隊整團滅團。

雪花冰：「抱歉，我今天是大雷包，又失誤了，待會我要跪算盤向各位賠罪。」

雨若情深：「哈哈，沒事沒事，小失誤而已。」

華麗的週末：「雪花妹妹，妳還是大學生，是不是太晚了需要休息一下？」

雪花冰：「不不，才不累呢，我要繼續打！洛拿火套裝我早就想要了！大家不要在意我，繼續拚！」

於是，大伙在雪花冰的催促之下又重新打了一遍，半小時後，果真推倒了BOSS，拿到滿意的裝備。

大伙破關出了副本，此時已經是深夜了。

隔天有事要忙的人紛紛下線了，身為上班族的雨若情深，向莫時和雪花冰交代好公會事務，沒多久也跟著下線睡覺。

待眾人全部不在，莫時望著人物面朝大樹不動兩三分鐘，又開始發呆的雪花冰。他輕輕嘆了一口氣，這姑娘八成有心事，雨若剛才交代的話一句也沒聽進去吧。

【私人頻道】華麗的週末：「雪花妹妹，在嗎？」

莫時乾脆讓自己的女祭司坐在旁邊，跟著雪花冰一起面樹思過。大約五分鐘後，雪花冰終於有反應了。

【私人頻道】雪花冰：「怎麼了？哇，華麗哪時坐到我旁邊的！」

【私人頻道】華麗的週末：「嘿嘿，我跟妳一起面壁思過，看看效果會不會較好。」

【私人頻道】雪花冰：「什麼啦！華麗你太好笑了。」

兩人短暫地閒聊後，莫時把話題拉回剛才的事。

【私人頻道】華麗的週末：「雪花，剛才副本接連失誤，很不像妳呢。怎麼了嗎？是不是有心事？」

莫時讓自己語氣聽起來像是隨口問問，他知道有些人是將現實跟遊戲世界分開來的，那是他們的私人領域，不喜歡被外人干涉。類似的情形他遇過太多了，所以也做好了被拒絕或是隨便呼攏過的心理準備。

雪花冰愣了愣，一分多鐘後，才緩緩用語音模式說道。

「怎麼辦……華麗，這件事我不知道該向誰說才好……可是我沒辦法解決，嗚嗚嗚嗚……」

時間有點晚，莫時此時帶著耳機，語音聽得特別清晰。女孩子哭泣的聲音，從細碎的壓抑慢慢變成徹底潰堤，多麼令人心碎，難以想像這個開朗女孩子忍隱了多久。

莫時花了一整個晚上安慰雪花冰。

哭泣的女孩其實語句支離破碎，但他並不急著了解詳情。他只知道，現在的雪花冰很脆弱，需要有人陪在身邊，讓她的心情穩定下來，才是最重要的。

將近清晨，莫時才把哭累的雪花冰哄去睡了。

下線前，雪花冰說：「華麗，很謝謝你，說出來真的好多了。」

莫時向對方保證：「放心，接下來的事交給我，好嗎？」

「謝謝、謝謝……」雪花冰低喃著這句話，逐漸淡出下線。

確定對方已經離線休息，莫時揉了揉因熬夜而發紅的雙眼。雖然略顯疲憊，他的眼神卻犀利銳利。

經過一個晚上，他大致了解了來龍去脈。

目前水墨悠然是《蒼空Online》第一大公會，排行第二的公會則是〈今朝有酒今朝醉〉。

一直以來莫時和雨若情深忙著處理自家公會的事務，忽略了其他公會的狀況，之後仔細一看，才發現……今朝有酒今朝醉，會長是綠油精點眼睛。

他和雨若情深當時遇到的新手村殺人魔「綠油精點眼睛」，頭頂上隱藏的公會名原來就是〈今朝有酒今朝醉〉。

新手時期的事情，莫時自己都快忘光了，也沒和其他人提過。雖然他和雨若知道殺人魔有公會，卻不知道公會是「今朝有酒」。如今兩邊人馬各自創立公會，並且混到第一和第二大公會，簡直像冥冥中有什麼微妙連繫。

而最慘的巧合是，雪花冰一直祕密交往的男朋友，就是綠油精點眼睛。

這也是問題所在。

據說，綠油精點眼睛先前在新手村開紅殺人只是一時興起，玩玩罷了。玩膩之後，他便洗手不幹，開始轉移目標，放到遊戲裡頭的每個正妹身上。

綠油精點眼睛的人品不怎樣，卻相當有錢有閒，當初看上雪花冰妹子漂亮，展開猛烈追求，大方贈送禮物和鮮花，長時間粘著陪伴，成功得到芳心之後，便始亂終棄，尋找下一個女性，曖昧人數高達十多位。

直到世界頻不停出現綠油精點眼睛跟其他女性的曖昧對話，雪花冰才驚覺自己被劈腿。憤怒的雪花冰提出分手，對方卻惱羞成怒，反過來要脅，如果提出分手就會把交往期間傳的照片和視訊影片公布在網路上，讓女孩子身敗名裂。

從雪花冰那拿到要脅照片，莫時有些意外，原來雪花冰已經和綠油精點眼睛發展到現實中了。

照片裡，雪花冰勾著綠油精點眼睛的手臂，兩人站在一輛法拉利前面。女孩長得十分可愛標致，綠油精點眼睛也不差，俊挺的面容勾起一邊嘴角壞笑著，眉宇間肆意張狂，就像個裝闊的土豪，全身上下都是名牌貨。

既是個富二代、長得也不差，可以想像雪花冰一開始怎麼會著迷上這爛人。

莫時看了看，覺得沒什麼不妥。視訊影片和照片裡的兩人有時會勾著手，只是剛跨過曖昧期的普通小情侶互動，頂多日常服穿得稍微清涼一點，乳溝和大腿都沒有露，連親吻都沒有。

雖然如此，雪花冰是初次談戀愛，年紀輕輕從來沒經歷過這種事情，要脅公布這些資訊足以讓這個女孩的心靈徹底崩潰。

不僅如此，在兩人鬧翻之後，惡劣的綠油精點眼睛甚至看中雪花冰的遊戲裝備。

「對了，我妹妹說想來玩這遊戲，她也想玩魔法師。既然妳堅持要分手，我們之間也不可能繼續了，要不，就把妳那件稀有的法師套裝給我妹吧，我妹會代替妳好好練下去的，哈哈哈哈，怎麼樣？」

「唉，誰叫妳要待在敵對公會『水墨悠然』呢。早叫妳過來卻總是推託拒絕，明明我的公會『今朝有酒今朝醉』好多了。若是妳早點過來，事情就不會鬧成這樣了。呵呵，少了妳的戰力，水墨悠然肯定弱上幾分，真是期待下一次城戰呢。」

方才雪花冰在副本中之所以失誤連連，除了她心不在焉，主要跟裝備也有很大的關係。雪花冰辛辛苦苦打到的渾沌極冰套裝，已經給了對方，目前只穿著普通到極點的商店裝，原本排到前十的戰力跌到百名以外。

雪花冰不僅現實生活心碎，連遊戲的裝備也被對方硬生生奪走了。人財兩失，卻因為對方的要脅而不敢吭一聲。

徬徨無助的女孩子斷斷續續訴說著近日困境，身心受到極大折磨，就連下線前，她依然淚如雨下地哭泣著。

莫時好不容易才壓下和綠油精點眼睛**PK**的衝動，他深吸好幾口氣，看向窗外，不自覺地握緊拳頭，心中的一把火猛烈燃燒。

他絕對不能饒恕這個綠油精點眼睛，他誓言絕對會復仇！

莫時拿出手機，撥了一通電話。

響不到三聲，對方火速接通了。

「唉唷，莫時打來的電話，好難得哦，不過竟然這麼早，有什麼事嗎？」

電話另一頭的男聲偏中性，語氣輕快活潑，即使看不到對方，也可以想像那位淡金色短髮的少年單手拿著話筒坐在窗邊，一副天不怕地不怕笑著的模樣。

那間育幼院的孩子都尊稱他為「大哥」，實際上年紀卻不大，因為能力特別出眾，他承擔了所有哥哥姊姊的義務，所以孩子們發自內心地敬仰著他。

這世界上，沒有問題難得倒這個人——基本上，莫時也是這麼想的。

「白夜大哥……」莫時輕聲默念對方名字，想著該怎麼開口。

對面的那人卻更快地說：「莫時，你就直說吧，有什麼事大哥絕對會幫忙。就算目前不在你身邊，也會想辦法替你解決的。」

「大哥，我什麼都還沒說……」莫時咕噥著。

白夜輕笑出聲：「莫時，我太了解你了，你在孩子群中特別聰明，性格卻很硬，經常獨自解決事情，就算弄得頭破血流也不想找人幫忙。如果不是有什麼天大的事情逼著你，讓你很無助又不得不去做，否則你不會打電話求助我吧？」

「……大哥說得沒錯，謝謝你。」莫時感到一陣暖心，白夜大哥總是能一語猜中他的想法。雖然他們沒有血緣關係，卻比親兄弟姊妹還要親。

電話另一頭傳來白夜爽朗的聲音。

「哈哈，說什麼傻話，從小到大，都是我在照顧你們，大哥我無所不能，任何問題都可以解決，莫時，說吧！」

於是，莫時用DC組了一個視訊通話群，並把情同兄姊的家人們一起拉了進來。

莫時在遊戲中很少提起自己的現實生活，其實他是個孤兒，從小就在育幼院長大。

他們這間育幼院位在偏僻遙遠的小城鎮，生活不是太富裕，彼此的感情卻非常深厚，其中就屬白夜、劉一葵、還有莫時三人最為出名。

自幼起，白夜大哥便展現出異於常人的智商，一口氣跳了六、七年級考上國外知名大學，年僅十六歲便畢業取得學歷，現在自己開起公司。

劉一葵大姊年紀比其他兩人稍長，與他們不同的是，一葵姊在多年前被一戶人家領養走，後來憑自己努力考上律師執照。

莫時反而覺得自己是三人中最普通的平常人，只是憑著小聰明，考上了國內名聲不錯的大學就讀。

雖然他們三人年齡境遇不盡相同，卻都是同一間育幼院出來的孩子，情同兄弟姊妹，僅管現在各自在不同地方打拼，依然時常保持連絡。

這次難得開啟語音通話，再次把三人聚在一起。

聽完莫時的描述，身為女性的劉一葵大姊勃然發怒。

「人渣！」

「沒錯，利用女性的廢物，渣男無誤。」白夜也補上一句。

三人輪流把綠油精點眼睛罵過一輪，最後，莫時歎了一口氣，詢問道：「白夜大哥、一葵姊，你們覺得該怎麼辦呢？」

眼前的難題，並不是網遊那一套打打殺殺就能解決。把綠油精殺到一等完全無濟於事，莫時想要守住雪花冰的名譽、拿回法師套裝，同時也給綠油精一點實質上的教訓，因此他們的行動必須有計畫、有條理，技巧性地慢慢布局。

莫時問道：「一葵姊，妳是律師，綠油精這樣是不是違法了啊，能不能直接吉他？」

劉一葵摸著下巴想了想，說道：「應該可行，不過雪花冰妹妹的意願是私下進行。遇到這種事情，女孩子總是比較吃虧，兩邊互掐，弄個不好兩敗俱傷，反而造成二度傷害。最好隱瞞雪花冰跟那渣男交往過，低調進行吧。」

莫時皺眉苦惱著：「那該怎麼辦？」

眾人沉默下來，氣氛一片死寂。

白夜打了個響指。「對了，我想到一個好方法！」

這下子，所有人的目光都聚焦到中間白夜的那一格視訊畫面。

白夜神祕兮兮地說：「莫時，你的遊戲角色是女祭司吧？」

「是、是呀。」

「遊戲裡有誰知道你是男的？」

「我懶得解釋性別，也沒有放照片資料，知情者只有會長雨若情深和雪花冰，他們兩人沒有對外聲張。我可以確定，所有玩家都以為我是個凶八婆。」

「那……綠油精點眼睛認識你嗎？」

莫時想了想，說道：「綠油精在新手時期開紅殺人時，我只是其中一個無名小卒，過了這麼久，綠油精肯定忘光了。另外，我和綠油精沒有私交，朋友圈也沒有重疊，他應該只把我當成敵對公會的副會長，不認識我。」

「那就好，這件事情需要你和一葵姊的協助才能成功。對方來陰的，我們也來陰的，不用客氣是吧，嘿嘿嘿。」

每當白夜發出這種笑聲，就代表有人要倒大霉了，莫時隱隱約約有種不好的預感。

白夜大哥的計謀很簡單，綠油精點眼睛十分好色，女友幾乎天天換，於是乎，他便讓莫時用女帳假扮成女生，出奇不意地接近綠油精點眼睛。

他們的最終目的是把雪花冰被奪走的套裝拿回來，若拿不回來，起碼也要騙到等值的寶物，算是給雪花冰一點補償。為此，他們必須慢慢布局，掌握證據，最後再揭露綠油精點眼睛的惡行。

至於，之後暴露了人妖帳該怎麼辦，莫時倒是一點也不擔心。敵方的**PK**他求之不得，而且只要想像綠油精發現「女朋友」是男的之後的晴天霹靂，莫時就覺得超級值得。

事情進行得十分順利，他們立刻就找到了機會，讓莫時在〈今朝有酒今朝醉〉

的公會活動上假裝巧遇。

當時，綠油精點眼睛率領著公會群眾試圖吃下野外 BOSS，不料 BOSS 實力太強，一招範圍技大絕打下來，幾乎把他們整團滅掉。

身為領隊卻被秒殺的綠油精點眼睛面子掛不住，氣得在公會頻破口大罵，話尚未發完，眨眼間一道復活術適時降下，他人竟然好好站回 BOSS 前面。

接著，「今朝有酒」的死亡成員一一被復活，金髮女祭司穿梭在 BOSS 間，施展治癒術補回眾人血量，瞬間將一面倒的情勢反轉。

綠油精點眼睛愣愣地看著女祭司曼妙的身影。

一旁的會員們悄悄討論起來。

「欸欸，看那邊，那不是水墨的副會華麗的週末？她來幫我們做什麼？」

「說起來，她的移動步伐真是優美，這遊戲最漂亮的職業果然是女祭司，尤其是技術好的女孩子更少見了。」

「別想了，華麗的週末可是傳說中的超級凶八婆呢。」

「是呀是呀，她這麼強，其實是個人妖吧。」

等到BOSS倒下、華麗的週末走近時，一伙人全部沒了聲音。

原本乾乾淨淨的女祭司頭頂多了一個大頭貼。

所有男性本能地伸手點開大頭貼，立刻被照片人物的絕美樣貌震懾住了。

那名女性約莫二十歲，留著一頭淺棕色波浪捲髮，配上一雙彷彿會勾魂般微微上揚的鳳眼。她穿著普通的一字領毛衣，將若隱若現的傲人胸圍半遮著，裙子底下的修長雙腿折疊起，雙腿間被巧妙遮擋的神祕地帶十分引人遐想，整個人看起來既性感又清純。

照片自然是劉一葵大姊所提供，大姊曾經兼差當過模特兒，長相艷麗，氣質出眾，非常懂得掌握尺度。她提供了幾張令男性血脈噴張又恰到好處的居家照，好襯托出女祭司在遊戲中優雅婉約的一面。

華麗的週末：「各位還好嗎？人家碰巧路過，如果有幫上忙就太好了≡◇≡」

遲了兩三秒，今朝有酒的成員才一一回應。

「沒事，沒事，謝謝妳相助。」

「差一點滅團，還好有華麗妳出手。」

今朝有酒的色狼們將華麗的週末圍起來，你一言我一語地聊起天來。

這期間，用電腦DC連線擔任指揮的白夜大哥時不時出言提醒：「打招呼，再打一些可愛的表情符號！其他人搭話隨便回一回就好，太積極會自降身價，等綠油精開口說話再回。」

綠油精點眼睛終於回神了，他站到女祭司面前，說道：「妳好，妳是……華麗的週末，初次見面，我們似乎沒有說過話呢。」

莫時的白眼快要翻到天邊去了，忍著噁心反胃，飛快地戳著螢幕回應。

華麗的週末：「是呀，綠油精哥哥，久仰大名，我們好像沒有在活動上遇過呢，太可惜了。」

綠油精點眼睛：「妳換了新照片？呵，之前還以為妳是男的。」

這傢伙這麼急著做確認？莫時早料到了，將劉一葵大姊預先錄下的語音播放出來。

華麗的週末使用語音喇叭模式說道：「胡說什麼啦，我才不是男的，怎麼每個人都誤會人家。管理公會當然要表現得強硬一點，但人家可是徹徹底底的女孩子好不好。」

撒嬌般的甜甜女聲從語音傳出來，輕而易舉地破除了人妖傳言。

這種撒嬌的聲音評價很兩極，並不是每個人都喜歡，女生聽了會倒胃口，而男生會覺得心癢癢，似乎心底的欲望都被撩撥了起來。

其實劉一葵大姊的聲音沒這麼嗲，這次是為了釣男人，才故意裝得很細很尖，特別突顯女性特色，她猜測綠油精點眼睛會喜歡這種小女人的感覺。

果不其然，綠油精點眼睛毫無懸念地上鉤了。

系統提醒：玩家〈綠油精點眼睛〉邀請玩家〈華麗的週末〉成為好友，是否答應？

來自綠油精點眼睛的交友邀請立馬到手，美其名曰以後有機會再一起打團，實際上，從看到照片那天起，綠油精便照三餐發訊息，試著找各種話題攀談，不停約莫時出來見面。

莫時也按照白夜大哥的意思，時不時丟出曖昧的暗示，同時撇清自己和其他人的關係：

「不知道為什麼，大家都以為我是人妖，沒有人追我呢。一個人好孤單，好想體驗看看情侶模式。」

「不不不，人家只把雨若情深當普通的鄰家哥哥。我比較喜歡厲害帥氣有擔當的男生，像是綠油精哥哥那樣。」

「我跟雪花冰的關係？雖然在同一個公會，但我們沒有很熟耶，只有上線的時候會打聲招呼。」

至於綠油精點眼睛的現實見面邀約，莫時則全數拒絕。

「出來見面？不行啦，我媽媽管很嚴，不能隨便和陌生人出門。我也想見見綠油精哥哥，不然我們就視訊聊天吧？」

視訊由劉一葵大姊獨挑大梁，美艷性感的模特兒美女，穿一件低胸的貼身洋裝，配上軟綿綿撒嬌的音調，簡簡單單就讓富二代巨嬰精蟲上腦，笑得無恥淫蕩，思緒不知道飄到哪去，講話連連出錯，連自己的名字差點忘了。

看到綠油精那副粗俗的色胚樣，讓躲在旁邊全程圍觀的莫時差點忍不住揍螢幕幾拳，打趴這個死富二代，真是佩服一葵大姊能維持和顏悅色的完美態度跟色狼聊天。

可以確定的是，綠油精點眼睛已經被迷得團團轉。

看計畫執行得這麼順利，莫時很慶幸自己當初因為懶，沒有把FB連結放上名片。這一點雨若情深也一樣，他似乎把現實跟遊戲分得很清楚，沒放FB等實際的身家資訊。

雖然在遊戲裡很熟識，莫時卻只聽過雨若情深的聲音，知道對方大他三歲、在哪間公司工作，僅此而已。莫時不是會打探別人消息的人，他看重隱私，沒事不會多問別人的私事。

很快地，華麗的週末跟綠油精點眼睛開始大玩曖昧。

關於華麗的週末的諸多傳言又開始不脛而走，只是這次的「流言方向」有點怪怪的。

「喂喂，你聽說了嗎，華麗的週末其實是個大美女呢。」

「啥?那脾氣暴躁的凶婆娘，戰場衝第一的暴力祭司，根本是男的吧！」

「不不，她是貨真價實的女生，我親耳聽過她的聲音，超級可愛！不信你自己去紅牌第一唱歌房聽，她和綠油精點眼睛一起開了小房間唱歌呢。」

「哦哦哦，這聲音，這長相，出道當明星都可以了，太正太可愛了吧！」

「原來她只是個壞脾氣的正妹，正妹就是正義、正妹做什麼都能被原諒，我完全可以呀！」

「喵的，我要黑轉粉了！」

那些「人妖說」的流言，在聽到華麗的週末的語音後，全部自動銷聲匿跡。

總之，假扮女生的策略，無意間出現微妙的發展，華麗的週末開始有了一群男性粉絲。

自從開始扮女吃老虎，莫時變得更加忙碌，除了本來負責的公會事務，又要分出一些時間陪綠油精點眼睛胡鬧。

剛認識時，綠油精熱情異常，莫時完全配合，兩方十分順遂。不過三天後，莫時就有點按耐不住了。

復仇需要時間鋪陳，慢慢掌握敵方資訊，才能攻無不克又全身而退。目前還要靜待佳音，莫時有時後被粘煩了，就會找機會裝忙躲開這傢伙。

他找到裝忙的理由是：收徒弟。

華麗的週末最近剛滿四十等，這也是目前封頂的等級，符合收徒條件。

系統開放他一個徒弟的名額，收徒對象必須處於二十等到三十等之間。若是師父好好培育照顧，待徒弟滿三十五等出師，系統將會獎勵師父和徒弟各一筆龐大的傳道值，可以購買商城的昂貴物品。所以只要師徒配合得當，便能雙贏。

綠油精點眼睛目前三十九等，不符合師徒資格，莫時花了一大把時間軟硬兼施撒嬌哄鬧，才把這位大爺打發掉。

待綠油精離開，獲得短暫自由的莫時，興致勃勃地點開系統介面搜尋。

申請徒弟列表超過十多頁，目前封頂的玩家十分稀少，而且師父一次只能收一個徒弟，必須謹慎挑選。莫時隨便翻了幾頁，腦中有了想法……既然要找個徒弟，當然要細心挑選，男女不拘，選一個可愛一點、順眼一點的，等級也要高一點，才不會玩到一半不玩，戰力當然也要高，嘿嘿順便拉到水墨悠然去……

光是設定拜師門檻，就花了莫時半個小時，最後他自認弄出了最完美的篩選條件，設定完成，發送！

系統提醒：符合您篩選條件的玩家，有一位！

只有一個人符合？

由於符合條件只有一人，系統自動幫他收了這位徒弟。莫時愣了愣，點開徒弟表，一個持劍的Q版人物圖案跳了出來。

您新收的徒弟〈Flying Penguin〉，性別男，劍士，二十九等，所屬公會〈無〉。

這英文名字乍看之下很潮，可是Flying Penguin……翻成中文不就是「飛翔的企鵝」嗎？一點都不帥，反而很好笑。

手遊裡頭很少有人取英文ID，難不成對方是外國人？

【師徒頻道】Flying Penguin：「哇喔，竟然立刻就找到師父了，我好幸運，師父好！」

剛冒出的疑問立刻被推翻了，這位企鵝徒弟只是取了英文名字，他們並沒有溝通上的障礙。

【師徒頻道】華麗的週末：「你好，該怎麼稱呼你，Penguin企鵝？還是

Flying 飛翔？」

【師徒頻道】Flying Penguin：「英文很難打，師父直接叫我企鵝就好了！」

【師徒頻道】華麗的週末：「咳嗯，企鵝，話說，你怎麼會想取這個名字？」

【師徒頻道】Flying Penguin：「我的帳號是買來的，當初看戰力不錯，又是我喜歡玩的劍士職業，誰知道拿到帳號卻是這個名字，嗚嗚嗚。」

很好，這徒弟是個天然呆，莫時在心中蓋章。

莫時利用師徒召喚傳送到徒弟身旁，打量了一下新徒弟。二十九等，以一般新手而言等級算高，戰力屬性分配得不錯。

【師徒頻道】Flying Penguin：「師父、師父，妳等級好高，裝備真豪華，長得好漂亮呀。」

徒弟不只名字呆，個性也挺呆萌，選的職業卻是高大的劍士，耍蠢的名字和職業完全不搭嘎。像現在，這小傢伙興奮地繞著他的人物轉圈，氣質就一隻圓滾滾的企鵝，揮舞著短翅膀歪歪斜斜地走路。

【師徒頻道】華麗的週末：「那當然，不然我怎麼當你師父！好了，既然你跟了我，就不會吃虧，我會好好帶著你練功，升到三十五等出師為止。」

【師徒頻道】Flying Penguin：「太好了，師父萬歲！」

【師徒頻道】華麗的週末：「你目前有多少錢？看你還在穿十等新手裝，在出發前先換一套新裝備吧？」

【師徒頻道】Flying Penguin：「我看看……」

對方摸索了一陣子，看起來相當手忙腳亂。莫時想到徒弟是買帳號的玩家，可能先前沒接觸遊戲，於是出言提醒。

「一般新手沒機會存錢，大約只有一兩千鑽吧，買個商城裝不是問題。你打開裝備欄，下面有一整排金額數字，尾數和小數點就不用看了，直接看最左邊第一個數字吧。」

良久，這位徒弟吶吶地說：「……9。」

這數字少得有點驚人，莫時也頓了頓。「……只有9元？」

【師徒頻道】Flying Penguin：「嗯，最上面顯示的數字是9。」

【師徒頻道】華麗的週末：「徒弟，你好像有點窮呀？」

【師徒頻道】Flying Penguin：「唔，怎麼會這樣，給我帳號的人說，這隻帳號儲值了很多錢，大放送算我便宜一點的。」

你肯定被騙了，這絕對是別人不要的帳號呀，小笨蛋！

算了算了，沒差，莫時早就習慣帶新手練功，水墨悠然的團副都是他管的，平時身上也會帶一些備用裝供給公會成員用，所以他隨時都拿得出一堆新手套裝。

「拿去，好好用吧，你一定要好好升等，趕快出師呀。」

他爽快地將一套普通套裝交易給徒弟，換來飛翔的企鵝一陣歡天喜地的蹦蹦跳跳。

大神的正確捕捉法

How to Successfully Catch Your Legend

第六章

三天過去了。

莫時有點後悔收了徒弟。

這位「飛翔的企鵝」同學的帳號是買來的，在那之前似乎沒有玩過手遊，知識異常匱乏，經常犯一些天兵的錯誤。

企鵝同學非常需要照顧，若放他在外自生自滅，恐怕練到遊戲倒閉，這位徒弟也練不到三十五等出師。

於是，身為師父的莫時便苦了，為了師徒傳道值，他擠出所剩不多的時間，天天帶徒弟練功，從早教到晚，每一次都被這位笨徒弟氣得牙癢癢，他覺得自己可能哪一天就血壓過高暴斃在手機前了。

華麗的週末：「這遊戲的怪物按照顏色區分，白色的怪是任務怪，綠色的怪適合普通玩家單人練功。藍色的怪稍微難一點，但也可以打。橘色的怪是困難等級，不要去碰。企鵝，你記住了嗎？」

好在企鵝同學算是滿受教的，他認真地聽著師父諄諄教誨，努力記著遊戲規則。「明白了！」

不過，天兵的才能無上限，企鵝同學總是能開創更天兵的問題。

某天，莫時發現徒弟的 ID 一片紅通通，想要進城，卻被門口的守衛 NPC 追著跑，活像個被追殺的通緝犯。他只好臨機應變，用師徒召喚把那隻笨企鵝傳送到身邊，讓他瞬間逃出 NPC 的追捕範圍。

華麗的週末：「我說，企鵝，你為什麼會紅名？」

莫時讓人物雙手插腰，語氣嚴厲地質問。飛翔的企鵝似乎是知道自己錯了，靜靜站在原地不動。

「那個……我跑去打怪，就變成這樣了。」

「一般打怪不會搞到自己紅名吧？也不會被城門 NPC 守衛追殺吧？你究竟做了什麼——這樣好了，你再去打一次，我看看。」

「好的。」徒弟點點頭，聽話地跑到一旁重複一遍剛才的動作。

做到一半，莫時便發現不對勁，這個笨徒弟砍的哪是怪呀，那分明是……

「等等、等……企鵝你等一下……」

莫時試圖阻止，但為時已晚，城牆邊的另一名 NPC 守衛發現自己被玩家攻擊，怒氣值爆發，自動反擊回去。

NPC的攻擊力絕不是玩家可以抵擋的，飛翔的企鵝率先被秒殺，和徒弟同一隊的華麗的週末也被列為開紅同伙，慘遭波擊。不到三秒，兩人一起被打回重生點。

做了免費回城符到重生點的莫時，因過度錯愕還恍神了片刻。他忍不住抬頭望天，喵的，他竟然收了一個連怪也分不清楚，跑去打NPC讓自己紅名的笨徒弟。

往旁邊一看，飛翔的企鵝正樂呵呵地繞著圈，幹了一大堆蠢事，卻一點自覺也沒有。

笨徒弟的耍蠢行為已經無數次挑戰他的底線，這一次莫時終於按耐不住，打字太慢無法滿足他問候對方全家的衝動，他直接開了語音喇叭開罵。

「喵的，你跑去打NPC做什麼呀蠢蛋！」

瞬間，飛翔的企鵝蹦跳的腳步停止。

「可是……它是橘色的名字，稍微困難點，還是可以打吧？」徒弟吶吶地說。

「你哪隻眼睛看到橘色了？NPC名明明就是金色呀！難怪你會被NPC列成紅名通緝犯追著跑。我的老天，你連怪跟NPC都分不清楚啊啊啊啊！我的收徒之路，怎麼那麼坎坷……」

眼見師父開始自暴自棄，反而是飛翔的企鵝開口安慰他。

「師父師父，不要生氣嘛，所謂的人生不就是這樣嗎？」

「不要靠近我，你走開，嗚嗚嗚嗚。」

「師父，維持愉快的心情很重要哦。」

「還不都是你害的！」

「對了，師父，原來你是男的哦？」

靠北！不小心用了本來的聲音說話，他忘了自己現在是「女孩兒」，大頭貼上放了一張萬惡的正妹照。

徒弟的再三犯蠢，讓他瞬間理智斷裂，直接用語音模式開罵，結果意外暴露出真實性別。

此時復仇大業還沒完成，他釣足了綠油精點眼睛的胃口，只差最後臨門一步，絕不能半途而廢。

——老子是男的，敢說出去就宰了你！

莫時管不了那麼多了，一瞬間殺人滅口的凶惡想法竄過腦子。女祭司隱隱散發出殺氣，握緊法杖，就算對方是自己收的徒弟，他也會痛下殺手。

不料，飛翔的企鵝並沒有因為師父的性別改變態度，他依舊笑著說道。

「原來如此，我就覺得師父應該要是男的，畢竟師父的技術那麼強大。」

「……」華麗的週末緊急煞車。

企鵝同學說道：「啊，如果師父不喜歡張揚，我不會說出去的，我保證死都不會說的。」

「……」

他這個徒弟是蠢，但心思並不壞。但話說回來，剛剛那句發言也是有夠性別刻板印象的，不愧是他的天兵徒弟。

不過就這簡單幾句話，也讓他確定了，這蠢徒弟不會洩祕。

殺氣瞬間煙消雲散，莫時認命地垂下肩膀，自己收的徒弟就是自己造的孽，只好自己負責了。

華麗的週末揮舞法杖，給徒弟刷治癒術補滿血量。

「走吧，為師帶你繼續打怪，你這傢伙要學的東西可多了，麻煩死了。」

「好！」飛翔的企鵝一蹦一跳地跟上。

這幾天，莫時便帶著企鵝徒弟做任務，慢慢洗清罪孽值。

莫時覺得自己天天帶團副帶出毛病了，教自家公會新手也就算了，連這個呆萌徒弟，他也看不下去對方在任務中橫衝直撞，浪費了一身好戰力，忍不住細細教導。

企鵝徒弟從來沒接觸遊戲，什麼都不會，是個徹底的大雷包，不過唯一的好處是，他很乖，很認真，很好學，而且學得很快。

除了講解一般的遊戲常識，莫時也一一示範技能操作上的複雜技巧。企鵝徒弟看過一遍的東西就能記住，很少犯第二次錯，像上次的橘色和金色ID傻傻分不清楚的天兵狀況，已經逐漸減少了。

在授課過程中，莫時大約明白了，其實飛翔的企鵝技術不錯，一開始天雷滾滾只是因為完全沒有遊戲經驗，幫他打好基底，這位徒弟就可以學得很快。

這一教就教上癮了，不知不覺，他越教越多，除了一般的打怪技巧，還順便教了徒弟**PK**、防偷襲等等的個人心得，畢竟莫時這方面的經驗比誰都要多。

叮咚！

系統提醒：恭喜，您的徒弟〈Flying Penguin〉升級了！

提醒您，您的徒弟還差兩等即將出師，可獲得豐富的傳道值，請師父多加努力。

看到飛翔的企鵝身上被系統光柱籠罩，升上三十三等，莫時都要感動落淚了。從二十九等一路拉拔著徒弟升上來，他耗盡了心思，簡直比自己重練一遍還要辛苦。

帶一個徒弟就這麼累了，他難以想像下一個會怎麼樣。據說，比他稍微晚一點收徒的雨若情深，人家的徒弟非常爭氣，早早就滿三十五等出師了。

莫時已經在心中決定，把這隻笨企鵝帶到三十五等出師就準備退休隱居。他的脾氣和耐心太差，實在不適合走收徒這條路。

飛翔的企鵝開心地圍著女祭司轉圈，：「師父師父，我升等了！」

華麗的週末：「我看到了，你別轉了，我都要暈了。」

飛翔的企鵝：「師父，三十五級可以換新裝備呢。」

華麗的週末：「對，該把那套新手裝換掉了。等你成功出師，下一次為師給你一套更好的裝備吧。」

飛翔的企鵝：「哇，太好了，謝謝師父！」

華麗的週末：「瞧你高興成這樣。對了，等等介紹一個人給你認識。」

飛翔的企鵝：「誰呢？」

華麗的週末：「我在遊戲上最好的好朋友，我跟他約了在這裡集合。先前太忙，都沒機會介紹你們認識。」

莫時話鋒一頓，說道。

「可以的話，企鵝，我希望你出師後能加入水墨悠然……」

話未說完，忽然之間，畫面中跳出一名劍士，持劍擋在他和飛翔的企鵝中間。

屬於高階劍士的紅圈技能閃動，劍士雙眼泛紅，殺氣騰騰地舉劍邁進。

來者正是雨若情深，不知怎麼了，平時溫和的雨若，突然間開啟殺戮模式，對著他們猛烈攻擊。

華麗的週末：「雨若……你、你幹什麼！」

「華麗，小心！」雨若情深卻不管他，橫劈出一道俐落的劍氣，直往飛翔的企鵝的方向攻擊。

這一瞬間，莫時大概明白了，企鵝的身上還殘留著打 NPC 的殺戮狀態未消，站在華麗的週末身旁跳來跳去，就像是要朝他攻擊一樣。先前因為那些負面傳言，再加上與其他公會結仇，莫時身邊總有一群殺手埋伏著，所以雨若把飛翔的企鵝當成偷襲的殺手了。

飛翔的企鵝：「……？」

企鵝同學還搞不清楚是什麼狀況便被暈眩技能擊中，血量直直掉下一半。

——別打呀，他是我徒弟！

戰鬥僅在幾秒之間，莫時雖然試圖阻止，無奈在短時間內難以解釋笨徒弟開紅的原因，等他打完字，戰鬥早就結束了。

緊急之下，莫時乾脆一個字也不打，操縱著女祭司幫徒弟猛刷血，成功地挽救了殘血狀態。

飛翔的企鵝：「搞什麼，突然打人！」

不料好不容易撐過一波攻擊，卻換飛翔的企鵝釋放猛烈攻擊。

飛翔的企鵝在莫時的嚴格教導之下，技術變得十分熟練，**PK** 技巧絲毫不遜色，一連串流暢技能放出，竟打得雨若情深在片刻之間還不了手。

兩個朋友大打出手，被夾在中間的莫時頓時手忙腳亂，幫哪個都不對。他不希望任何一個人掛，只好兩人都加血。

《蒼空 Online》的祭司補血能力十分強，加上莫時的手速快，補血之心爆發，一下給飛翔的企鵝補血，一下又要給雨若情深補血，無限輪迴。兩人打了將近一分鐘，都還沒分出勝負。

被當成夾心餅乾的莫時，經歷了無限補血輪迴後，終於領悟了，這樣下去不是辦法，他終究要選一個放生。

一猶豫，勝負便分出來了，雨若情深憑著一個大招，把飛翔的企鵝甩上半空，等級裝備之間的落差明顯，一招瞬間秒殺掉對方。

變成屍體狀態的企鵝同學表示：「師父……有壞蛋殺我QAQ……」

雨若情深：「……師父？」

華麗的週末：「……」

莫時終於找到機會說話，他開了殺戮模式，朝著雨若情深瘋狂攻擊。

「雨若你這笨蛋，連我的徒弟也敢打！企鵝看著，為師立刻替你報仇！」

劍士完全沒還手，呆站在原地，被女祭司輕易地打趴了。

「……」

兩具屍體無言地躺在地上，氣呼呼的女祭司踩了兩人幾腳，才復活了自家朋友和徒弟。

三個名字紅通通的玩家坐在地上，一陣詭異沉默。

雨若情深率先道歉：「對不起，是我誤會了。」

華麗的週末：「企鵝，雨若就是我說的那位朋友，剛才打了你真是抱歉呀。」

飛翔的企鵝：「雖然不知道怎麼回事，既然你是師父的朋友，那就沒有關係。」

雙方打過照面，企鵝和雨若互相加了好友，算是和解了。

水墨悠然有諸多事務要處理，雨若情深匆忙告別一聲，便趕著離開。

臨走前，雨若情深私訊給他：「華麗，最近流言蜚語很多，你玩女角要小心一些。」

莫時語重心長地應道：「我明白。」

流言蜚語來自四面八方，一些是公會的負面評價，另一方面則是他牽扯進綠油精點眼睛複雜的女性交友圈中，天天和綠油精在語音練歌房曖昧來曖昧去，鬧得沸沸揚揚人盡皆知。

當然，莫時扮人妖純粹是為了幫雪花冰討公道。至少要抓到綠油精小辮子，封住敵人的嘴，並把雪花冰的裝備拿回來，完成復仇大業，他才打算罷手。

雨若是這遊戲中少數知道他是男兒身的人，所以莫時事先跟他講了要扮人妖跟綠油精點眼睛來往的事情。

雨若認為他是一時興起玩玩，覺得做這種事不太好，一直勸說阻止，但是拗不過莫時的硬脾氣，便隨他去了。

莫時為了守住女孩子的名譽，連真正的原因都沒跟雨若說明。他知道雨若肯定會激烈反對，所以打算等事情告一段落之後再跟雨若坦白。

雪花冰則是因為情傷和諸多原因，自從那天跟莫時吐露真心後，便大幅減少了上線時間，就算上線了，也是掛著居多。

莫時能明白，經歷如此慘痛又難堪的分手，這個女孩是真的嚇到了，短時間內當然不會想繼續觸景生情。手遊的人口來來去去，隨時有人退坑離去，他早就習慣了，也做好了心理準備。

還好，劉一葵大姊連繫上雪花冰，兩個女孩子交換了手機，似乎成為了現實的朋友，偶爾會互相聊天開導對方。據說雪花冰已經逐漸看開，開朗許多了。

即使如此，莫時依舊不打算停止復仇，他想要抓到敵人的小辮子，好讓雪花冰能真正安心。

莫時思緒複雜地送走雨若情深，女祭司望著遠方出神，久久不語。

飛翔的企鵝靜靜地待在師父身旁，少見地沉默不語。

良久，飛翔的企鵝說：「師父師父，剛才害你夾在中間為難，真是抱歉呀。」

華麗的週末：「哪裡，我才要和你道歉，害你白白死了一次。」

飛翔的企鵝：「不，師父，我知道了，剛才會輸是我的技術不夠強，我得努力變強，幫師父爭口氣！」

莫時從茫然中回過神，眨了眨眼，有些意外樂天的呆徒弟會有這一面。

他一直把這個徒弟當吉祥物在養，每天一點點經驗值餵呀餵呀，沒什麼期許，只希望徒弟趕快平平安安地長大。

看來，企鵝被他的不服輸傳染了，果然人都需要動力激一激才會成長。

飛翔的企鵝：「師父，我一定不會讓你丟臉的，等我長大後會好好孝敬師父！」

「你這小傢伙顧好自己就行了，為師不需要你操心。不過有企圖心是好事。」

莫時一笑，他能養徒弟的時間大概不多了，在出師之前，就盡力地教導他唯一的徒弟吧。

「走吧，為師繼續教你。」

大神的正確捕捉法

How to Successfully Catch Your Legend

第七章

「唔，飛翔的企鵝，不要往那邊跑要滅團了呀，笨蛋……」

莫時從床上睜開雙眼，低聲喃喃唸著久違的名字。

回歸遊戲的時間越來越長，他也陸陸續續想起一些過往的細節。

他差點忘了，自己曾收過一個天兵徒弟。

相隔一晚，莫時在睡了一覺整理好思緒後，重新登上遊戲。

——華麗的週末，上線了。

目前是清晨時段，線上沒什麼人，莫時閒著沒事做，便打開界面搜尋 **Flying Penguin** 名字，想看看這個笨徒弟怎麼樣了。沒想到，系統卻顯示查無此人。

又是查無此人！

莫時疑惑地皺眉，一般玩家棄坑不玩，頂多顯示「不在線上」，怎麼他搜尋雨若情深和飛翔的企鵝卻都是查無此人？

難不成是系統 BUG？還是這兩個傢伙在躲我？

莫時不死心地嘗試其他方式，這才想起來，自己根本沒加飛翔的企鵝好友。

當初他的好友欄加滿爆掉，便沒有再加企鵝徒弟。

他認為有師徒關係就夠了，師徒介面可以讓兩人免費傳送、享有師徒頻道，比一般好友介面好用多了。

結果莫時打開師徒界面，上面也空空如也，系統顯示：您目前沒有收徒弟。

「啊，對了，那小子後來叛師了，沒有師徒關係就不會出現在界面上……」

莫時回想起來，那蠢徒弟竟然擅自解除師徒模式，態度異常堅持，讓他氣得半死，到現在莫時還搞不懂徒弟為何突然叛逆了。

「搞什麼，一個個都給我來消失這招，好吧，老子不找了。」

莫時總算死心，不再糾結以前的朋友，將目光重新放在遊戲上。

金髮祭司傳送回城，在主城的中央商場閒逛。過去的回憶讓莫時想起一些細節，他想找找看是否有留下一些痕跡。

果不其然，中央廣場上，正站著一位眼熟的「老朋友」。

半個小時後。

早起的鳥兒有蟲吃，水藍的小伙伴剛上線，就發現昨晚徹夜未歸的華麗的週末已經上線了，正在中央廣場四處遊蕩。

小伙伴立刻用私人群聊叫來了一堆人，卻礙於昨晚華麗負氣而去，水藍公會一伙人站在遙遠的遠方，想靠近又不敢上前，一整個糾結。

昨晚殺手來襲，貼出一串論壇的網址，他們都去看了。論壇的貼文中不意外都是一些負面流言，描述華麗的週末人品極為低劣等等。

華麗本人不否認這些流言，不過自家老大伏煒卻直接發話——親眼所見和謠言，你們相信哪一個？

當然了，水藍的小伙伴認為老大說得有道理。華麗既有實力也有擔當，這幾天在公會裡受到眾人歡迎和愛戴，大家都一致認同，當初華麗會這麼做必定有他的原因，那種沒憑沒據的謠言根本不值得相信。

所以水藍的小伙伴想正式向他道歉，現在一伙人就這麼窩在遠方，偷偷看著華麗的週末。

高手的行為模式果然不是他們能理解的，華麗的週末站在主城的中央廣場，突然開啟殺戮模式，一個個開始殺外掛。

主城廣場站了四、五個外掛，那些外掛天天洗頻，遊戲時間長了，老玩家都知道他們是詐騙集團，現在很少有人被騙了。

國際代理儲值，殺！

遊戲賣幣專家，殺！

賣幣交易網，殺！

華麗的週末打到最後一個人，突然間不打了。

華麗的週末：「專業幣商168～～168～～我知道你還在，別裝死，快醒醒，我要翻桌囉（╯-_-）╯～┻┻！」

他親密地叫著168，可那外掛頭頂上卻是「專業幣商487」。

不只如此，華麗的週末叫了一陣子，對方始終沒有回應，這下祭司不爽了，開紅直接一顆火球招呼下去。那萬年站在主城中央喊賣、大家都以為是外掛的一等新手竟忽然跳起來，躲過了技能攻擊。

眼前的一幕很詭異，一個跑一個追，就在主城上演凶殘的屠殺記。

「哇靠，華麗的週末，怎麼又是你！」

專業幣商487曾經吃過虧，腳底抹油逃跑的速度特別快，轉眼間就跳上了屋頂，站在上頭悲憤地罵道。

華麗的週末：「親愛的168一路發先生，別跑嘛，人家追的好累喔(￣^￣)！」

專業幣商487：「喂喂，哪有人一邊喊一邊打的，你這殺人魔的脾氣該改一改了。」

華麗的週末：「誰叫你剛才假裝外掛不理人家，人家只是有點不爽，就當了一回殺人魔嘛。」

「……」

這對話好像在哪裡看過。

五分鐘後，許久不見的兩人在中央廣場席地而坐，促膝長談。

專業幣商487：「行了行了，你這幾天聲勢浩大的回歸遊戲，我都知道了。不論在哪個時代，你都一直是風雲人物呢。」

華麗的週末：「討厭，人家沒你說的那麼好啦(>///<)~」

專業幣商487：「我不是在誇獎你！」

華麗的週末：「話說回來，你名字已經取到478了，還在繼續當幣商哦？」

專業幣商487：「當然，我後來自己創業，開了一間遊戲工作室，現在手底下有兩名員工，也算個老闆了。」

華麗的週末：「恭喜你事業越做越大，已經可以炒別人魷魚了。」

專業幣商487謙虛的說：「哪裡哪裡，小小工作室不足掛齒。不過，還是得感謝你當初介紹了不少生意，讓我有更多發展空間。現在我算《蒼空Online》的大盤商了，各種稀有道具都能拿到手。如果你在遊戲內有缺什麼東西，就儘管開口吧。」

華麗的週末：「那太好了，我有一點點缺裝備，那就不客氣了。我需要四件帕尼托套裝、八件羅恩套裝、兩把封露錫杖、三把綠達拉匕首……（下略五百字）。」

專業幣商487：「……你是惡魔嗎？」

華麗的週末：「人家只是說說，不行就算了。」

專業幣商487：「沒說不行呀，別小看我。不過交易量有點大，這隻小分身恐怕沒辦法滿足你，得開本帳上來了。」

華麗的週末：「我真的只是隨口說說，要付錢也是可以的，是說……你有本帳呀？」

專業幣商487：「這不是廢話嗎？小號隨時會被系統刪號，靠本帳才能賺錢，這遊戲裡沒有我拿不出來的商品，我用電腦雙開，你稍等啊。」

兩人在中央廣場直接用普通頻道聊天，似乎是許久不見的朋友，談話內容參雜著一點過去的資訊，讓眾人霧裡看花，卻越看越想知道真相。

不知不覺，被他們對話吸引的玩家通通靠了過來，周圍聚集了越來越多人偷聽。

圍觀群眾裡不只有水藍的小伙伴，還有聞風而來的殺手們。

畫面中冒出六個名字紅到發紫的蒙面殺手，莫時看到倒胃口的敵人，真的完全不意外。

殺手照樣一現身就立刻攻擊，經歷昨晚的偷襲，莫時早有警戒心，手速爆發，一個瞬移便躲過了攻擊。

而專業幣商487就沒那麼好運了，他現在只是個一等的新手，即使技術不錯，在殺手們鋪天蓋地的攻擊之下瞬間便倒了。

躺屍的專業幣商487表示：「我東西快搬好了呀，怎麼就死了?-華麗的週末，你又招惹誰了!」

「抱歉抱歉。」華麗的週末施展復活術，救回了專業幣商487。

殺手們這次學乖了，不再多說廢話，一聲不吭地站在不遠處，隨時準備發動下一波攻勢。

面對龐大的殺手群，某兩人依舊絲毫沒有危機意識地聊著天。

專業幣商487：「欸欸，對方有點凶捏，你要怎麼辦?」

華麗的週末：「當然是——弄死他們。」

莫時陰陰地勾起嘴角，看向包裹欄的物品，剛才特別去商場大肆採購，現在正是使用「它」的時機。

一分鐘後。

在一旁圍觀全程的群眾，全都睜大了眼睛，不敢相信剛才發生的事。

其實現在的一般玩家幾乎都不認識華麗的週末，只知道他是回歸玩家、水藍會長伏燁追求的「灰姑娘」、超強戰隊「葬儀社」的隊友，以及八卦論壇中描述的惡名昭彰殺人魔。

不論事實與否，近日大事全圍著華麗的週末轉，可以說是目前遊戲中的大紅人。

眾人對華麗的週末充滿好奇，於是乎，在聽到世界頻道有人喊著華麗的週末出現在城鎮裡，群眾便聞著八卦的味道跑來圍觀了。

原本他們只是湊熱鬧偷聽對方聊天，沒想到中途跑出一堆殺手，正當他們以為華麗的週末要掛點時，那位祭司竟突然放出那東西，將結果精彩地大反轉。

他扔出一堆煙火。

是的，就是煙火，一般商店就有在賣，一個只要十元的普通煙火。

華麗的週末一下子扔出一百多個煙火，那瞬間，空中百花齊放，頓時每個人的螢幕閃光一片，煙火五顏六色地占據畫面，啥也看不到。

待五秒閃光消失，圍觀群眾只看到躺屍的六個殺手，以及爆發完畢、因殺人ID一片通紅的金髮祭司。

「好一個陰險的招數。」專業幣商487中肯地發表感想。

華麗的週末：「好說好說，對付壞人，就要比對方更壞。」

這招是需要練習的，放煙火前必須把敵方的所在位置牢牢記住，才能搶得先機，缺點也顯而易見，只能使用一次，下一次敵人產生防備心，就不會被同樣的招數給騙了。

殺手們忿忿地傳回重生點復活，城裡重生點十分近，距離對方下一次打來大概只有二十秒。

專業幣商487：「他們還會再來吧，下一次怎麼辦？」

華麗的週末：「唔，總會有辦法的。」

果不其然，不到二十秒，那群蒙面殺手再次襲來，這一次卻連攻擊都來不及施展，就被一群人給轟了出去。

以黑衣劍士為首，手持長劍率先發動震懾，一招就把殺手們全部甩了出去，一旁黑壓壓的人群則自動排成一列，將殺手阻擋在外。

水藍公會的小伙伴主動站到前方，為他擋下了攻擊。

伏燁：「抱歉，華麗，我們來晚了。」

華麗的週末：「不會……」

莫時看著那位劍士高大的背影，以及守在他身旁的水藍眾人，猶豫過後，再補上一句。

華麗的週末：「謝謝你們，真的很謝謝你們。」

他什麼都沒解釋，這群人卻再三主動幫他，無條件地付出。

霸北：「那是當然的，華麗是我們水藍的人！」

骷髏：「華麗，水藍永遠歡迎你。」

以你為名的小說：「喵的，這群殺手不要命了是吧，敢動華麗哥就要你命！」

朝如青絲：「給他們看看，惹怒水藍公會是什麼下場！」

貓耳控：「殺殺殺殺殺！」

水藍一伙人殺了出去，一人丟一招技能，殺手們瞬間淹沒在茫茫人海之中。

霸北甚至抱怨：「我踩到香蕉皮跌倒了，根本沒丟到技能，殺手就死了！」

貓耳控：「哈哈，霸北哥的衰人體質發作，又平地摔了。」

朝如青絲：「是說，遊戲裡哪來的香蕉皮？」

骷髏：「……是我丟的，小道具。」

香蕉皮：隔壁王老五吃剩的香蕉皮，扔在地上即有機率被玩家踩中，踩到滑倒的機率為1/1000。

霸北：「千分之一……我是不是該去簽個樂透？」

原本嚴肅的氣氛消失，場面頓時變得異常歡樂。

殺手首領：「可惡，水藍公會，去死吧！」

在嬉笑中，第二次滅團的殺手們再度復活。不得不佩服他們的毅力，如此努力不懈地持續來襲。

這次，殺手首領竟然學他，買了一百多個煙火放出。

巨大煙花自空中爆開，頓時螢幕白光一片，莫時粹不及防，忍不住瞇起眼睛，什麼都看不到。

五秒後，煙火消失，出乎意料畫面並沒有變成黑白。

莫時看了看周遭，只見伏燁持劍站在原地。他是近戰系，敵人甚至未到他身邊就直接躺屍在地上，現場唯一活著的，只剩下在臨死邊緣苟延殘喘的殺手首領。

其他殺手則是被一個魔法師的大絕同時轟死，輕輕鬆鬆擋在人牆外面。

墨小空：「同樣的招式，第二次就不管用了。」

穿著一襲白色長袍的男法師從屋頂上跳下來，比人還高的巨大法杖，殘留著施放完高階法術的餘韻。

「是最強魔法師墨小空！」貓耳控認出對方的身分，驚呼出聲。

能夠一招秒別人，戰力絕對是頂尖的，莫時目前只看過伏燁有辦法這麼做，這人恐怕跟伏燁有得比了。

出於疑惑，莫時打開戰力排行榜，查看目前《蒼空Online》的前十名。

第一名：伏燁，男，劍士，公會〈水藍〉會長。

第二名：望心，男，劍士，公會〈今朝有酒今朝醉〉會長。

第三名：墨小空，男，魔法師，無公會。

第四名：亞亞米，女，魔法師，公會〈今朝有酒今朝醉〉副會長。

第五名：以你為名的小說，男，刺客，公會〈水藍〉副會長。

第六名：骷髏，男，刺客，公會〈水藍〉副會長。

第七名：懶洋洋，女，弓箭手，公會〈霍爾的一棟城堡〉精英。

第八名：朝如青絲，女，魔法師，公會〈水藍〉長老。

第九名：為何放棄治療，女，祭司，公會〈靠臉吃飯〉副會長。

第十名：霸北，男，弓箭手，公會〈水藍〉精英。

從榜上就能一眼看出《蒼空Online》的公會強勢程度，水藍在前十名就占了五個成員，獨霸了半數，另外今朝有酒也占據了兩個高名次。

一群人之中，莫時把注意力放在第三名玩家身上，排行榜上就只有這人無公會，顯得特別引人注目。

第三名的墨小空，便是眼前這位突然加入戰局的男魔法師。

墨小空在眾目睽睽之下發話了：「華麗的週末，你果然紅到發黑，連殺手都對你念念不忘啊。」

這說話的語氣……莫時一愣，下意識看向完全不動的專業幣商487，再看了看墨小空，發現這兩人的外觀特徵調得一模一樣，都是藍髮棕眼的魔法師，而且很喜歡站在屋頂上。

華麗的週末：「你是……168一路發先生的本尊？」

墨小空：「現在是487了啦。」

華麗的週末：「好的，我立刻就改，487……死北七先生。」

墨小空：「……你還是叫我墨小空吧。」

現場龍虎雲集，幾乎排行榜上的大神全都聚集在此。

畫面轉到另一邊，殺手群連續被不同人滅團三次，就算是白痴，也知道他們絲毫沒有勝算。

唯一還活著的殺手首領，維持著殘血狀態說道：「局已經布好了，華麗的週末，你會為自己的行為付出代價。」

莫時忍不住翻了白眼，回道：「好了好了，這種老套的說法早就聽膩了，你們就不能有點創意嗎？」

殺手首領：「伏燁，你包庇華麗的週末，與他同罪。」

壞蛋總要在臨走前講出一堆廢話，這次的對象竟換成伏燁。

「我期待你的再訪，慢走不送。」

伏燁的反應更直接，長劍抹過殺手首領脖子，果斷地痛下殺手。

伏燁雖然處事低調，總是溫溫和和的，但若是觸犯了他的原則，竟比任何人還要狠絕。

殺手們任務失敗，直接原地下線，六個人影瞬間消失無蹤。

中央廣場中，只留下華麗的週末、水藍一伙人、墨小空，以及在旁圍觀看熱鬧的群眾。

墨小空率先說道：「好啦，我事情做完了，再會。」

墨小空什麼也沒解釋，留下茫然的眾人，一溜煙地傳送走了，來無影去無蹤，一如他在遊戲中的神祕形象。

不過莫時注意到，在墨小空走後，專業幣商 487 也慢悠悠地走回廣場中央，繼續當回「外掛」洗頻。

就在墨小空離開的同一時間，水藍的小伙伴全部收到一封匿名的信件。

疑惑的小伙伴們點擊打開，霎那間，金光閃閃的物品出現在他們面前。

刺客極品，帕尼托套裝！

弓箭手畢業裝，羅恩套裝！

法師夢寐以求的封露錫杖！

PK 專用極品，綠達拉匕首！

匿名的神祕禮物沒有附上任何說明，信封上只有一句簡短的留言：「華麗的週末贈送，感謝你們包容，以後請多指教。」

莫時此時臉紅成一片，連耳根子也熱得發燙。

寄信者不用說，當然是幣商墨小空。雖然是莫時主動跟對方要求一堆物品，他並沒有解釋「禮物」的用途，墨小空卻自己領悟了，還擅自寄給水藍的小伙伴，還怕大家不知道一樣留下那串肉麻兮兮的留言……

「我超貼心對吧。」專業幣商 487 密語給他一個陰險到想揍下去的笑臉。

他回覆專業幣商 487：「真是多事。」

這下，收到禮物的水藍小伙伴爆炸了，一群人團團圍住華麗的週末，只差沒把金髮祭司捧起來丟高高。

「華麗華麗，這是你送的禮物？太大手筆了呀，感謝你！」

「華麗你太客氣了，根本都是你在照顧我們呀，有你加入水藍公會，大家都很高興。」

「華麗，你認識墨小空？他在遊戲中很神祕欸，幾乎不曾露面！」

「昨天我們還逼問你不願回想的事情，華麗，真是抱歉呀。」

「……」

瞬間，眾人你一言我與地洗頻，水藍的公會頻道馬上就被塞爆了。

莫時愣愣地看著螢幕，實在不知道該回哪一個。其實經歷昨晚負氣離開，他還沒做好面對大家的心理準備。他的性格彆扭，知道該表達歉意，卻不知道如何找到時機。

最後是伏燁跳出來解圍：「好了，你們問一大串要人家怎麼回話，先安靜一下，讓華麗有時間思考吧。」

會長發完話，水藍公會頻道立刻安靜下來。

莫時整理著自己的思緒。

先前組了水藍戰隊「葬儀社」，組了一整團啦啦隊，一伙人熬夜打怪練功，天天下副本被虐，莫時當然不會把這些當成理所當然。大家耗盡心思、無條件地出一份力，只為了幫他湊齊競技套裝。

所以，莫時也想做一些事回報，感謝大家的幫助——這是送禮物的原因。

想來想去，莫時淡淡說道。

「那些謠言都已經過去了，我不否認，也不辯解。」莫時以最真城的語氣說道。「不過，我希望大家知道，重回遊戲的這段期間我很快樂，得到了意料之外的珍貴事物。請大家相信我，現在的我喜歡水藍公會，想要繼續待在公會裡。我，華麗的週末，絕對不會做出背叛大家的事。」

「那是當然的！華麗最棒了！」

在他說完後，水藍公會頻道簡直快炸翻了。

莫時看著螢幕，嘴角揚起笑意。

原本沒抱持著期待重新登入，竟沒有想到會得到一票真心相挺的好友。

這群朋友，是他留下的理由。

重新玩這款遊戲，真是太好了。

——《大神的正確捕捉法．上》完

大神的正確捕獲法

How to Successfully Catch Your Legend

番外

開始之前

莫時在五歲的時候成為了孤兒。

父母親因為一場車禍離世，他很幸運地存活了下來，奇蹟似地僅受了輕傷，住院幾天之後就徹底康復，沒有留下任何後遺症。

對於小時後的記憶，他懵懵懂懂，只依稀記得，父母親的家庭背景差異太大，兩人的婚姻其實不受到家長祝福，在那個年代算是私奔結婚的。

於是他這個唯一的倖存者，也不受父母雙方的原生家庭歡迎，推皮球般被丟來丟去。年紀尚小的他卻已經讀得懂大人們的嫌惡眼神，知道自己深受嫌棄，好幾次為此逃家又被警察找了回來。

不曉得第幾次逃家後，年僅五歲的他拉著警察和兒童心理治療志工阿姨的手，堅定地說他不想回家，他要去孤兒院。

本人堅持以及現存親人放棄扶養後，莫時如願地來到一處偏遠的育幼院。

唯一慶幸的是那些所謂的親人十分富足，並沒有爭奪他繼承的財產，父母車禍的保險金以及遺產全留給他一個人，等他長大成人後就能自由使用。

莫時一夕之間失去了所有家人，剛來到育幼院那幾天，半夜裡他總是一個人躲在棉被裡低聲哭泣，眼睛腫得像核桃一樣大。

育幼院的小孩子非常多，就像一所不會放學的學校一樣熱鬧，但莫時總是躲得遠遠的，只敢在角落看著大家玩耍，性格變得十分陰沉。車禍讓他的額頭上有道明顯的疤，記得醫生說這個疤痕太深，可能長大後要動手術才能消掉。

所以莫時留長瀏海遮住額頭，暗自祈禱以後疤痕會自動消掉。

育幼院的志工阿姨非常溫柔，和善地對待每個孩子。裡頭的小朋友年紀不一，不過都會主動將玩具分給他一起玩。

和對他一臉嫌惡的親戚相比，這裡的生活有如天堂。僅管小小的育幼院在物質方面可能比不上一般家庭，莫時依然珍惜著這個新家。

他一方面高興，一方面又怕自己和其他的小孩不一樣，總是低著頭，不敢把自己醜陋的疤痕露出來。

某天，他坐在角落玩著車子，忽然一道陰影籠罩下來，莫時抬頭一看，發現一個金髮藍眼的小男孩正一臉好奇地看著他。

莫時下意識扭頭就走，卻被一把拉住。

對方明明跟他差不多高，力氣卻好大，莫時發現自己完全不是對手。

「唉呀，不要躲啦。」

對方有些霸道，手裡拿著不知什麼東西硬塞到他嘴裡。

突然被塞一嘴糖果，香醇濃郁的甜味在嘴裡擴散開來，莫時傻傻地望著對方，卻看到金髮小男孩露出燦爛的微笑。正在換牙的孩子少了一顆門牙，有種說不出的好笑感。

「好吃嗎？阿姨特地買的糖果，每人都有一顆。小孩子最愛吃糖了，只要吃了糖果，什麼不好的事都能忘記哦！」

滿嘴小孩小孩的叫，他自己不也是小孩嗎？莫時默默想著。

就這樣，莫時結識了育幼院裡第一個朋友，白夜。

仔細一問，白夜大概和他差不多大，都是五歲左右，之所以不確定年紀，是因為白夜在嬰兒時期就被丟在育幼院門口了。

正常情況下，若是出現棄嬰，基本上都能從監視器或是全國醫院的出生紀錄中循線找到原生家庭。而白夜卻像憑空冒出來一樣，完全找不到線索，也就連名字和出生日期都沒有。當時在職的志工阿姨心疼這孩子，便根據自己姓氏白，將他取名為白夜。

「我猜，我爸爸或媽媽是外國人，所以我有很大的機率是混血兒哦！」白夜指著自己的金色短髮介紹道。

「是喔。」莫時無言以對，一看也知道，白夜絕對不是一般亞洲小孩。

「你也沒有爸爸和媽媽喔？那你怎麼知道自己的生日？」莫時天真地問道。

「有呀，志工阿姨撿到我的那天，就是我的生日。怎麼樣？帥吧。」白夜樂觀地說。

莫時被逗笑了，同樣是孤兒，白夜比他勇敢不知道多少倍。

他摸了摸額頭，覺得自己應該振作起來，重新踏入新環境。

白夜似乎早就看到他額頭上的傷痕，並沒有好奇地研究，只是淡淡問道：「你頭上的傷……還會痛嗎？」

莫時搖頭。「車禍弄的，不會痛了，但是有疤……會很醜，我怕被笑……」

「不會，一點都不醜，莫時，你很帥哦。」白夜誇張地揮舞雙手，拉著他站起身。「在這裡沒有人會笑你的！」

金髮的小男孩咧開嘴角笑著，他的笑聲很有傳染力，吸引了其他小朋友的目光。

「白夜大哥在幹什麼？」

「怎麼啦，有什麼好笑的事？」

「大家快看，這是莫時，很特別的名字吧，他是新加入的伙伴！」

「真的耶，好奇怪的名字。」

「歡迎莫時。」

「以後我們就是兄弟姊妹了！」

在白夜的介紹下，莫時成功融入了育幼院的小小團體。

後來莫時才知道，雖然白夜的年紀不大，卻被所有孩子們稱做「白夜大哥」，在這間育幼院有著極高地位。

照理來說白夜有著金髮藍眼的混血兒樣貌，在一群亞洲人孩子中特別顯眼，應該會被排擠或歧視。事實卻正好相反，白夜成為這間育幼院的孩子王。

白夜大哥是個很特別的人，看起來跟一般孩子沒兩樣，卻散發著強大的氣場，彷彿是天生的領導者，讓眾人的目光不自覺地跟隨著他。

負責照顧他們的志工阿姨偶爾會自掏腰包買糖果，讓白夜負責發給每個小朋友。

志工阿姨也不是沒嘗試過交給其他孩子負責，但是這年紀的小孩拿到一盒糖，第一時間就先塞進自己嘴裡，怎麼可能乖乖發給其他人。

嘗試幾次失敗後，阿姨發現只有白夜大哥會負責把糖果分完，不會漏掉任何小孩，便放心地將職責交給他，不知不覺就成為了慣例。

有幾個貪吃的調皮小子眼紅白夜老是端著一盒糖，認為他肯定會暗藏一兩顆偷偷吃，所以在背後說起閒話。

不過莫時卻很清楚，這是不可能的事。

因為志工阿姨買的糖果包裝寫著一盒有五十顆，這間育幼院裡卻有五十一個小朋友。今年多了他，志工阿姨肯定是忘記了，依然買了只有五十顆的糖果盒。

每個人都有拿到糖，那代表沒拿到的人就是白夜大哥。

志工阿姨一時迷糊忘記了，而育幼院的孩子年紀都很小，竟沒人發現。莫時特別找了白夜大哥問，對方只是笑了笑，要他別說出去。

不知不覺，莫時崇拜起白夜大哥，成為了對方的頭號粉絲。

白夜大哥開朗大方，關心著每個人，看似大喇喇的，卻有著溫柔的一面。莫時大概知道，為什麼育幼院的孩子都喜歡親近白夜。

在莫時心中，白夜大哥是神一般無所不能的存在。

他們這家育幼院地處偏僻，附近有許多身上刺青的小混混聚集，經常打架鬧事。志工阿姨常提醒他們，絕對不能單獨出門。

雖然那些小混混只會在大人的地盤鬥毆，對欺負育幼院的小孩子這件事看不上眼，但仍然造成很大的麻煩。即使不是對著他們，看到小混混拿著武器揮舞、大聲喧嘩怒罵，對這些來自各式問題家庭、弱勢背景的孩子來說，是能引起心靈創傷的恐怖畫面。

某一次，有小混混把最小的孩子嚇哭了，白夜大哥忿忿地在大半夜衝去報仇，一個人單挑了整群小混混。隔天早上，他安然無恙地回來，身上雖然有些掛彩，所幸沒有受太嚴重的傷。

志工阿姨簡直嚇壞了，緊張地抱著白夜哭了出來，差點要報警抓人。不過奇怪的是，那天之後，小混混們就沒有在附近出現過了。

在這個世界上，有難得倒白夜大哥的問題嗎？小小年紀的莫時暫時想不到。

另外，值得一提的是，白夜大哥是個智商兩百的天才兒童。

從小只要白夜看過的東西，一眼便不會忘記，考試總拿滿分。在育幼院的孩子們還在玩鬼抓人小遊戲時，白夜大哥已經跳級完成高中學業，年僅十二歲。

志工阿姨知道白夜的聰明程度不該埋沒於此，替他報名相關檢定，並協助他申請國外的知名大學。結果出來，白夜大哥竟然被破例錄取了，還能獲得政府的獎學金補助。

雖然大家很高興，但很快就發現了現實，他們這家貧窮的育幼院，沒辦法支付國外昂貴的生活費。

即使白夜大哥靠的是獎學金讀書，但機票錢、日常支出和學雜費，依然是一筆天價數字。

白夜看了錄取通知書一眼，笑了笑，隨即把信封丟到垃圾桶，表示自己在國內讀書就行了，他不想離開大家。

所有人都知道，一個天才不該浪費於此。

此時，一名成熟的大姊姊突然出現在育幼院之中。

女子似乎也曾是這間育幼院的一員，在七年前被富裕人家領養走，目前剛大學畢業，已經出社會工作了。

女子有個很好記的名字，劉一葵。據說現在是一名小有名氣的律師。

劉一葵和白夜待在會客室中閒聊著，簡單詢問對方的未來志向，想就讀什麼科系，去國外念書的意願，想做什麼工作等等。

莫時猜想著，育幼院難得出了一個絕頂聰明的孩子，一定是志工阿姨捨不得白夜放棄資格，才會特地打電話求助。

劉一葵開始工作後，經常回頭資助育幼院的開銷，聽聞了白夜的消息，特地來看看這位天才兒童。

就這樣，此時出現在白夜面前的劉一葵是位知性型美人，靜靜地坐著便展現出強大的魄力。

「白夜，不用使用敬語，那太見外了。我們都來自這間育幼院，都是一家人，直接叫我姊姊就好了。」

「好的，一葵姊。」白夜回答。

「白夜，我想過了，以後我會資助你出國的所有開銷，放心吧。」

「謝謝妳，一葵姊，妳的恩情我不會忘記的。現在資助我的錢，就當成借給我吧。以後我長大了，一定會還給妳的。」

劉一葵眨了眨眼睛，似乎頗為意外年僅十二歲的白夜會大膽許下承諾。

「呵，這孩子口氣真大呢，年輕人有理想是好事。」劉一葵笑著。

「這孩子……唉，是不是很像以前的妳啊，一葵？」志工阿姨忽然笑道。

「哪有，沒這回事，我有這樣子嗎？」劉一葵正經地撥動頭髮，上班族女子的知性模樣，讓她說的話可性度爆增。

志工阿姨捂著嘴笑，壞心地一語道破：「呵呵，妳沒有嗎？雖然我沒有親自帶過妳，不過聽退休的前輩說，妳離開育幼院那天……」

「停，我認錯，千萬別提我的黑歷史。我以前……有點倔強。好吧，我們是真的有點像啦，哈哈哈。」

劉一葵誇張地舉起雙手擺出投降姿勢，高不可攀的美女氣質瞬間少了一半，看樣子以前也是個狂野的孩子。

「聰明有遠見的人，總是特別有自信是不是？」

劉一葵轉過身，微瞇起眼睛，看著白夜的目光帶著期許。

「你一定會成功的，白夜。」

白夜大哥離開的那一天，莫時哭得唏哩嘩啦的。

為了追上白夜大哥腳步，最討厭讀書的莫時一改舊習，天天努力讀書，奮發向上。

他的努力有了成果，六年後成功考上國內知名大學。莫時特別選了跟白夜大哥一樣的科系，期許自己能當上優秀的工程師，讓白夜大哥刮目相看。

這期間，白夜大哥依然定期聯絡育幼院的大家。他畢業後在國外開了一間公司，變得非常出名，在新聞上偶爾可以看見白夜的消息。

白夜大哥就如當初承諾的，創業不到一年，便將這些年「借」的錢全都還給了劉一葵。他們三人經常線上聊天，後來莫時、劉一葵和白夜成為了無所不談的好朋友。

他們的感情非常好，如同真正的兄弟姊妹般親密。

多年後，白夜大哥再度回國了，第一時間就找他出來吃飯。

白夜說道：「莫時，我發現一款很好玩的手遊，要不要玩《蒼空Online》？」

「咦……新遊戲嗎？是手遊？」莫時向來對遊戲感興趣，但聽到是手機遊戲一下子熱情就熄滅了。

白夜知道他對遊戲的熱愛程度，嘻嘻笑著：「當然是手遊，是現在最流行的遊戲哦。對了，你的中古機型可能跑不動，莫時，你還在用舊手機對吧？」

「是呀，我想盡量省點錢。」莫時說道。

時代變遷，大家都換成智慧型手機，只有他依舊握著智障型手機不放。其實莫時被學校朋友笑過好多次了，但生性節儉的他捨不得浪費錢，這幾年下來都沒有拋棄舊手機。

「嘿，乾脆換掉吧，大哥剛好最近賺了錢，買給你支新手機如何？」白夜爽快地說。

「不好吧，白夜大哥，我自己可以打工賺錢。」莫時婉拒。

「有什麼關係，哥有的是錢，買的是寂寞。」白夜突然冒出這麼一句。

「……白夜大哥，你是不是最近看了什麼霸道總裁言情小說，想找我練中文？」

「嗯，很奇怪嗎？在國外待了在久，擔心中文有些生澀了。」

「二十分，退步了。」

「莫時你怎麼那麼嚴格，我受到創傷，要去找一葵說話了哦。」

「哈哈哈，開玩笑的啦。一葵姊是律師，超級重視語法，是個知性派的學者呢，你只會被她噹得更慘。」

「說的也是哦，她現在根本什麼都能噹。上次跟她聊天，她竟然分析起戀愛只是男女生賀爾蒙互相吸引產生的錯覺，其實只是生物象徵，叫我不要貿然搞大女生肚子，被逼著結婚踏入愛情的墳墓。喵的，我才二十歲，談什麼結婚！」

「哈哈哈哈哈，很像一葵姊的作風。」

「話題轉回來，莫時，換個新手機如何？我想和你一起玩遊戲，人家空虛寂寞覺得冷，答應人家啦？」

「……白夜大哥，夠了哦。」

結果，他還是心軟收下了白夜大哥的禮物。

莫時小心翼翼地拆開包裝，裡面果真是最新款的手機。

這款式才剛出不到一天，在國內要連夜排隊搶購，有錢還不見得買得到呢。

白夜大哥的速度驚人，一定是動用了一些關係吧。

莫時已經可以想像隔天他拿著手機去學校，會收到多少朋友羨慕的眼光。

他怎麼會不知道，白夜大哥只是想藉著玩遊戲的藉口，買支新手機給他用。

後來確實如他所想的，說好大家一起玩遊戲，結果根本是屁！

只有他一個人下載了遊戲，興致高昂地創了角色，在後來的後來，他都玩到在遊戲中結婚了，白夜大哥都還沒上線過。

「《蒼空Online》……有了！」

剛換手機的莫時十分興奮，很快地下載完遊戲，辦了帳號登入。

一名小巧可愛的金髮女祭司出現在螢幕上。

——華麗的週末，上線了。

——番外〈開始之前〉完

高寶書版集團
gobooks.com.tw

BL040
大神的正確捕捉法·上

作　　者　夏堇
繪　　者　LILUO
編　　輯　林雨欣
美術編輯　林鈞儀
排　　版　彭立瑋
企　　劃　方慧娟

發 行 人　朱凱蕾
出　　版　英屬維京群島商高寶國際有限公司臺灣分公司
Global Group Holdings, Ltd.
地　　址　臺北市內湖區洲子街88號3樓
網　　址　www.gobooks.com.tw
電　　話　(02) 27992788
電　　郵　readers@gobooks.com.tw（讀者服務部）
pr@gobooks.com.tw（公關諮詢部）
傳　　真　出版部　(02) 27990909　行銷部 (02) 27993088
郵政劃撥　50404557
戶　　名　三日月書版股份有限公司
發　　行　三日月書版股份有限公司/Printed in Taiwan
初版日期　2020年6月
三刷日期　2020年7月

國家圖書館出版品預行編目(CIP)資料

大神的正確捕捉法 / 夏堇著.-- 初版. -- 臺北市
: 高寶國際, 2020.06-
冊；　公分. --

ISBN 978-986-361-840-9(上冊：平裝)

863.57　　109005612

三日月書版

GOBOOKS
& SITAK
GROUP©